你是我恰巧选择的人

Sorry婆
著

中国華僑出版社

自序

不晓得别人是怎样的，反正我看书一般会把自序直接略过。因为在我眼里，这只不过是作者的絮絮叨叨，或感叹，或感谢，通常没什么实际意义。

但当自己站在了作者角度之后，还是觉得必须写点什么。我并非什么知名作家，没有那种“作品一经出版就引起热议，销量跟窜天猴一样猛然骤升”的能力，我甚至谈不上是个名人，顶多算是个人名，只是借由微博、饭否这些网络平台写一些日常的小段子和矫情的小心思，恰巧又有不少朋友爱看，才让我有这个机会出版一本自己的作品集，所以我早已有了被人评论“怎么现在阿猫阿狗都能出书了”的觉悟，也并不会

全然在意。我想在自序中先让大家感受一下我的文字，简单交代一下，心里好有个底。

这本书不是严肃文学，也没有太多的情感故事，真要形容，就算是我所经历的生活以及我所看到的世界吧。不轰轰烈烈，但也没那么了然无趣，没有说教，有的只是分享。希望这本书的读者能把我当成一个身边的朋友，咱们一边剥着小龙虾，一边有一搭没一搭地唠唠，偶尔咂一口啤酒，觉得还挺惬意。毕竟心灵鸡汤喝多了会腻，跷着二郎腿在夜排档的小塑料凳儿上抖脚干杯，也不赖！

目录

我们总要经历一些不美好

Part 01

（一）

每次跟别人说起我和老南是在网上认识的，都会换来一阵惊呼：“哟，你们挺牛啊！”

“网友”这个词总被大家认为极度不靠谱，但我认真算了算，在现阶段的朋友里，网友占了很高的比例。

看来我真是个“搜秀”（social）的人。

打个不恰当的比方，这跟发掘美食是一样的道理，你可以亲自到店品尝，也可以叫外卖，好吃的东西永远不会因为外卖平台就变得难吃。

老南正是我找到的珍馐，是这世上最好吃的猪头肉。

不过我在网上也不是没有碰过壁，在遇到老南之前，我还有两段网恋的经历，那可就比较奇葩了。

（二）

第一段网恋生于大一，死于大一，时间长达一个月。

他是隔壁名校的学长，肤色黝黑，鼻头圆润，人长得挺高，发际线比人还高，就叫他小高好了。现在一回想起他的样子，很难相信当初自己的审美竟然是如此魔幻，他就和我早些年前淘宝收藏夹里的那些非主流的假发套一样，都是黑历史的尘埃。

小高是主动在社交网站上加我的，作为一个不思上进的大学生，闲着也是闲着，我很自然地通过了他的好友请求。

于是我们从版聊发展到了短信，每天都有说不完的话，几乎什么都聊。如果他站在我面前，我可能会一如既往地保持害羞腼腆，但见不到面地交流，无形之中给我壮了胆。

他是我第一个真正意义上的网友，也是第一个会连续跟我说那么多话的男生，久而久之，竟然让我产生了一种恋爱的错觉。于是，我更加无心上课了。

几周后的某一天，我收到了一条来自他的短信："晚上我来你们学校这儿，请你吃东西吧？地方你挑。"

这几个破字令我遐想万千，我翻来覆去地在心里默念，一念就是一节课。

一下课，我就冲回了寝室，把能用到的化妆品都翻了出来，其实也就是一板双眼皮贴、一支眼线笔和一根淡彩润唇膏而已。

“呦，这是晚上有约会啊？”室友们从没见我这样过，好奇地把我团团包围。

“没……没有，我妈来。”

“讲究人。”她们窃笑。

我不再搭理她们，对着镜子把双眼皮贴撕了贴、贴了撕，弄得眼皮发红。

离约定的时间还有半个小时，我早已整装待发出现在了校门口。为了摆摆架子，我漫无目的地在附近的小店转悠了半天，在收到他的到达短信之后，才慢吞吞地往他的方向走。

约定的小吃店店面不大，座位也不多，所以老远一瞥就能瞅见发际线前面那块反着光的油亮额头。

第一次见男网友，心里多少有点紧张。于是我在门口定了一定，吹了会儿风让自己冷静了一下，接着将双手环在胸前轻轻地走了进去，见他还在埋头看手机，就叩了叩台面。

他抬头，瞪圆了眼睛打量了我半天，仿佛在确认眼前的这个人和那个好看许多的头像到底有百分之多少的相似度。后来大概是意识到了自己的不礼貌，他猛眨一下眼睛，起身为我拉开了椅子，弯腰做了个绅士的手势：“请坐。”

“那照片我可没怎么P啊，也就是把眼珠子弄大了点。”我顺势坐下，调整了一下座椅位置。

“嗨，女孩的照片大多都比本人漂亮些，能接受，能接受。”他低头摆了摆手。

我正寻思着这话该怎么接，他又补充道：“不过看起来你们学校食堂的伙食质量应该不错。”不等我反应过来这是一句简洁明快的人身攻击，他就从屁股兜里掏出钱包，“吃什么？”

接下来的聊天还算自然，依旧走着手机聊天的路子，他侃侃而谈，我边吃边听，不时点头。在话题上，他没有很照顾我，从足球聊到时政，又从时政聊回了足球。我闻着薯条味，愣是憋住了好几个哈欠，本来还想认真地理解一下他的话，但还是无可奈何地溜号了，只能把他当成数学老师，听不懂不要紧，点头附和就行。

可能是瞧着东西都被我吃完有点急眼了，也有可能是实在说累了，小高这才想起把话语权交到我手里：“嗬，光我说了，这回换你。”

“听你口音，是北方人？”

“嗯，天津人，去过天津不？”

“没有，不过听说那儿的煎饼果子挺好吃的。”

“是不错，还有锅巴菜啊，炸糕啊，也都不错。”

“哎呀，真好，想亲自去尝尝。”

“行，下次你来，我当你的导游，天津好玩儿的地方还真不少，比如说有很多说相声的……”

“你们那儿煎饼果子啥样啊？”

“……说不上来，反正跟你们这儿的很不一样。天津的相声还挺出名，出过不少名人……”

“里面也加脆饼和火腿肠吗？”

“……咱能不提煎饼果子吗？”

“哦，行，那锅巴菜是啥样的？”

“……”

气氛一下子陷入了尴尬，为了能让聊天继续，我轻咳了两声：“好像还有蜜麻花和狗不理……”

他可能实在不想聊吃的了，直接打断了我：“你和我想象中的确实不大一样。”

“怎么个不一样法？”

“比如，一个上海姑娘，说话怎么一股东北大碴子味？”

“寝室里有俩东北妹子，被她们带跑偏了。”

“那希望我能有机会把你的口音带成天津话。”

“我也会一点哦！”我得意地清了清嗓子，“给你学一个，嚎么！介似嘛！还有……”

不等说完，我突然意识到这可能是一句滥俗的情话，耳根子开始发烫，手足无措起来。

正好台面上的手机振了振，我就趁机道别："那啥，我得走了啊！我们学校有规定，除非特殊情况，否则11点之前必须回寝室。"

"要是晚上不回去，是不是就没事了？"小高单手托腮，似笑非笑地看着我说。

"啊，应该是的……可我，我，我还是回去吧，拜拜！"也不等小高接话，我就低着头拽起包逃出了小吃店，一方面，不敢直视他的眼睛；另一方面，不想让他看到我红透的脸蛋子。

我回到寝室，学着电视剧里女主角的样子靠在门上，双手捧着手机捂在胸前，娇俏地咬着下嘴唇，露出欣喜的笑容。

然后，被"砰"的一声打开的门撞了一趔趄。

"你倚着门干啥玩意儿呢你？"室友嘴里叼着牙刷，喷着泡沫星子好奇地发问。

"累了，哎呀妈呀，累死我啦。"我假模假式地喘了两口气。

虽然从小到大我一直充当着别人的感情树洞和知心大姐，但这全是因为足够理性加上旁观者清，自己的情感经历其实几乎为零。那个年纪的姑娘都爱装，有对象的矫情，总觉得男朋友对自己没有百分百的好；没对象的更矫情，老叫嚣着诸如"一个人久了，就习惯了"之类的屁话。我就是典型的后者。

结果这突如其来的小高，让我感受到了春天。瞧，一有个来电的出现，说不习惯就不习惯了。

于是，我的荷尔蒙和多巴胺开始井喷，每天都云里雾里，像躺在了软扑扑的粉红色云朵上。可同时，我也变得更加害羞，要知道，陷入爱情旋涡的姑娘总是会变得扭扭捏捏，思虑过多，逼迫自己忍，逼迫自己等，必须得让自己看上去很酷，很不在乎，生怕过分热情显得没底气，没尊严。

我不敢再主动找他，觉得这样会显得特别不矜持，只能每天拿着手机不撒手，渴望着他的消息，哪怕是把要发给别人的错发给我也好，那样我就可以顺杆儿爬，趁机回复，也不会显得突兀。

第一次会晤结束得太匆忙，让我频频质疑自己，但和他持续不断的短信又像是给我吃了颗定心丸，笃定他会再来找我的。

果然。

“我心情不太好，你陪陪我吧，晚上咱找个地方喝酒？什么时候有空，晚上我来接你。”

他如期而至，带我去了他经常光顾的一家小饭馆，告诉我这家店的熘肥肠特别靠谱。

饭馆的电视机正播放着某场足球比赛，他专注地看了一会儿，不时蹦出几个脏字。我默默地倒好酒，拆开一次性筷子摩挲了半天，轻轻地搁在他的餐盘上。

“这踢的什么玩意儿！不看了！”小高生气地捶了捶桌子，举起啤酒瓶直接喝了一大口。我也跟着端起杯子，嘬了口泡沫。

他放下酒瓶，用手臂抹了抹嘴，又露出了不好意思的表情：“唉，对不住啊，我不应该在女孩子面前说脏话。”

“没事，你这不是心情不好嘛！”我尴尬地笑了笑。

“嗯……怎么说呢，算是有点失意吧。”他挠了挠头，眨巴眨巴眼睛。

“说吧，我听着，把我叫出来不就是为了找个人听你说话嘛！”我来了兴致，把腰背挺得直直的。

“嗨，这话说的，这不是还为了请你吃饭嘛……”小高咂了口酒，“其实也没啥大事儿，就是我暗恋的对象订婚了。”

我突然听到了自己心碎的声音。

“我暗恋了她五年，她也知道。我极尽所能对她好，但感情的事也不是单方面努力就能成功的，擦不出火花就是擦不出火花，你说是这个理儿不？”

“五年，瞧不出来你还挺专一的。”

“是啊，我一个双鱼座，一个双鱼座！竟然就这样在一棵树上吊死了。哈，大概是走火入魔了。”

“所以，你现在就打算借酒消愁了呗？”

“这么几瓶酒就能消愁了？你可真能小瞧人。”

“那你喝个屁。”

“都说了，主要是想请你吃饭。来，别装秀气了，咱直接对瓶吹吧。”他递了瓶酒给我，然后和我碰了碰。

我低头看了看已经势不可当向外凸起的肚子，已然如此，就不再推辞，正好还能解解渴。于是，我们很快就喝完了桌上的酒。

“走吧。”他迅速地买完单，用拇指朝门外比画一下。

当时刚过 10 点半，按说这儿离学校不算远，半个小时虽然有点紧，但走得回去，我的理智也拼命敦促我就此和他道别，或者说是永别，再也不要见面了。

我看了一眼这个和我聊了一个月却只见过两次面的男人，他油亮的前额依旧璀璨，竟让我着迷起来。

理智，死了。

后头会发生什么事，我不想管了，我只想和他待在一块儿，哪怕他依旧在足球和政治上讲个没完，哪怕他仍然无法从悲情中逃脱出来，哪怕他只把我当成一粒解闷的花生米。很久之后，我才意识到这不是喜欢，而是一种病态的依赖，完全是由于我太渴望开始一段感情，太想谈恋爱所致，但当时，什么都劝不动我，我就是要跟他走。

“来了。”我迅速把包甩上肩膀，小碎步向他跑去。

夏日的晚上很是惬意，虽然热，但有凉爽的小风吹着。我们慢悠悠地走着，轮流打着麦芽味的嗝，他虽然自诩酒量不差，但黧黑的肤色下依然泛着微红的光。

往常他那张嘴就跟机关枪似的停不下来，没想到今晚却意外地沉默，人一旦难过起来，真是什么样子都可能有。

我很想问他要带我去哪儿，但嘴张了半天，还是决定把话咽下去。和他这么走着挺好的，谁也别说话，就这么走吧。

心理活动多的时候，腿脚总是会毫无意识地利索起来，我埋头走着，不知不觉把他甩在了身后。

“喂，我说，你别越走越快啊。”小高嘟囔了一声，追了两步，一把抓住了我的手。

我手一热心一颤，瞬间失去了思考能力。

十几秒的空白之后，我的脑子开始正常转动，于是一使劲，甩开了他的手。

他的手臂晃荡了一下，又顺着劲搭住了我的手。这次他把手握得更紧了。我悄悄抬头，见他正扬着嘴笑，我也就不再挣脱，任由他拉着我。

他喜欢的人订婚了，他现在心情很沮丧，他拉着我的手，他或许有些喜欢我。一路上，我整理着这四者之间的联系。

我们走过一片大商业区，那里原本华灯璀璨，但 11 点之后，除了电影院和 KTV 楼下还有几群闹哄哄的年轻人，别的地方，一片死寂。

“我们都走半个多小时了，你累不累？”小高问。他依然拉着我的手，没有丝毫要放开的意思。

“还行吧，所以我们要去哪儿，是去看场通宵电影，还是去唱歌？”机会挺好，我顺带把我的问题抛了出来。

“嗨，我年龄大了，受不了这个，咱们找个地方休息吧。你看，前面就有。”我顺着他手指的方向一看——快捷酒店。

其实我早有准备，但这几个字映入眼帘的时候，我还是咽了咽口水，紧张和不安占据了上风。

“你怎么了？”他咧着嘴问我，眼神迷离。

“没……没怎么。”现在打退堂鼓也太弱了，干脆还是见招拆招，一切随缘吧。我这么想着，开始翻包。

忽然，我想起来我的钱包在中午拿外卖的时候顺手放在了室友的桌子上，走的时候忘了装进包里。

完蛋了，现在除了兜里没钱，连身份都不明了，万一要出点什么事我可怎么办，室友知道我晚上不回去不会报警，附近也没人认识我，这会给辨认尸体带来一定的难度……噫，我不禁毛骨悚然。我打个冷战，耳边传来法制节目主持人字正腔圆的标准普通话：“花季少女为何离奇死亡，是为财，还是为情？是仇恨，还是欲望？这一切的背后究竟是人性的扭曲还是道德的沦丧？敬请收看本期《案件聚焦》。”

“喂！”小高突如其来的一声把我吓得够呛，“还说没怎么，你寻思啥呢？”

“我，我，我没带身份证……”

“嗨，就这事啊，好办。你听我的啊，一会儿我搀着你进去，你就装喝醉，六亲不认的那种醉，至于别的你就别管了，交给我就成，明白吗？”

眼下也没有别的办法，走一步看一步吧。我重重地点了点头。

“请二位出示身份证。”

“这是我的，哎，我说，你身份证呢？”小高推了推我。我整个人扑倒在前台，把脸深深埋进臂弯，不做任何回应，只感觉到小高在掏我的包。

“哎哟，实在不好意思，我女朋友喝多了，身份证我也没找着，麻烦您通融一下吧……谢谢，谢谢，谢谢啊！”语毕，小高扶着我往电梯走，“看，挺轻松的吧。”

“你喊谁女朋友？”我轻轻地问了一声，但依旧把脑袋垂得很低，像个正儿八经的醉鬼。

他没有回答。

进了房间之后，他率先往床上一躺，像个“大”字。我站了一会儿，见他没有起身的意思，就放下包，坐到写字台前的椅子上。

“身上臭了，我先去洗个澡。”他把脸凑近胳肢窝闻了闻，然后反手猛地一撑坐了起来，麻利地脱起了上衣。

“哎！”我立刻转过身去，“你还是去卫生间脱吧。”

“卫生间的门是透明的，跟这里有什么差别吗？”见我半晌没吱声，他还是答应了，“行行行，外裤脱了就进去，行了吧。”

花洒出水的声音哗哗作响，我背对着卫生间坐在床上，心里一下子很没底。明明没见过什么大世面，明明骨子里只想好好谈一场恋爱，明明……明明知道对方没有一丝一毫地喜欢自己，我却还是放弃了正常的宿舍生活，大半夜跑到这种鬼地方。要是现在在寝室，应该已经把昨天看剩的《老友记》看完了，可能还会去隔壁寝室串串门子，一起再看个什么电影。而现在……我听着水声，看着墙壁，双手攥紧了床单，觉得自己真荒唐，实在是太荒唐了。

喝啤酒，除了胀肚子，就是催尿频。突然我感到一阵尿意涌来，再一听卫生间里没了动静，怯怯地问了一声：“你洗好了吗？我想上厕所。”

“好了，你过来吧。”

结果，当我走到卫生间，呈现在眼前的是一个全身赤裸的背影，我倒吸了一口气转过身去，憋着尿焦虑地前后踱步。

“你好歹穿上裤子再叫我过来啊。”

“机会难得，让你领略领略我的身材。”

“没有领略到身材，倒是领略到了你的黑，真的黑。搁那儿一站跟尊泥人似的。”

“唉，可惜，多少姑娘想看还看不到呢。”他边说边走了出来，见我依旧背对着他，扯住了我的肩，试图把我转过来，“行啦，我穿着呢。”

“那，那你不准偷看我上厕所！”我厉声警告。

“知道了，知道了。”他无奈地摆了摆手。

我全身紧绷，一边脱裤子，一边死死盯住裹着浴巾背对卫生间的小高，随时做好了他一扭头就捂住关键部位的准备，结果他一直很乖巧地站在那里岿然不动，也不说话，连抓耳挠腮的动作都没有。

扣好铜扣拉上门襟的一瞬间，我松了口气，虽然偶尔要要小流氓，但总的来说，他也算是个正人君子吧。

“久等了啊，我好了……啊！”毫无防备地，刚走到他的身边，我就被他扣住肩膀，用力推倒在床上。这样突如其来，打乱了我原本趋于平静的情绪。

“你……你干什么？！”我警惕地看着站在床沿边的小高，心里突然冒起了一团火，但更多的是害怕，因为此刻的他收敛起往常的嬉笑嘴脸，正面无表情地看着我。

“到底干什么？！”见他没有反应，我提高音量又问了一遍。

“嘎吱——”随着老旧席梦思有气无力的声响，他压在了我的身上，下巴顶着我的肩头，耳朵贴着我的脸颊。

“你……”

“别说话，别说话行吗？我不会对你怎么样，你安静一会儿，就一会儿，成吗？”他轻轻地说，呼出的热气直抵我的脖子。

我愣了愣，立刻想到网上流传很广的段子——“我就抱抱不干别的”。虽然贪恋着男人身上的温度，但又不想就这样被他像白痴一样耍，于是我吃力地将手挤进胸前，刚要使劲推开他，却不想，听到了他的小声抽噎。我能感觉到，他想极力控制自己，尽可能少出点动静。

我叹了口气，放弃了把他撵走的想法，抽出手，轻轻抚了抚他的背。

眼泪不要紧，可别把鼻涕蹭我头发上啊。我心里这么想着，盯了会儿天花板，突然彻彻底底地想明白了，我们俩都是大傻子，我爱幻想，他装坚强。

待他慢慢平静下来，我戳了戳他：“我快喘不过气了，你可以从我身上挪开了吗？”

他深吸一口气，顿了顿，用力一撑，翻了身，和我一道看起了天花板。

我的身体一下子舒畅了许多，心里也一样。我没有回过头去看他，只是摸摸自己的头发和床单，都被打湿了，有没有鼻涕不知道，我也无所谓了。

“晚上我就趴在写字台上睡吧，你好好睡床。”我一使劲，坐起来，整了整衣服和头发。

“不，不用。咱们都睡床，背对背，中间还能空出很多地方。”他慢慢起身，走到床边，“你要是对我不放心，那么你睡床，我趴那儿。”

那个晚上，我们各自对着墙壁侧睡在床上。我一点睡意都没有，也知道背后那个人还醒着，五年的感情落下帷幕，这足够让他一夜不寐了。我们俩就像两个木头人，谁都没有睡着，也都不想开口说话，甚至连身体都没动几下。

天开始蒙蒙亮的时候，其中一个木头人开口了，说：“我真的，好喜欢她。五年了，没有一天不喜欢。”

“我知道。”

“我以为认识很多别的姑娘就能让我忘了她。”

“嗯，你以为。”

我咧了咧嘴，无声无息地流下几滴眼泪。这下，我彻底死心了，也感受到前所未有的轻松。泪痕还未干透，便听到背后传来他的鼾声，一扬一抑，均匀平稳。或许他和我一样，就在刚才，也为自己的感情画上句号，在卸下所有负累之后，终于能够安心睡一觉了。

听了会儿他的鼾声，我从枕头下拿出手机，一看快 6 点了，楼下也陆陆续续传来摆早点摊的声音。

我决定离开。

我蹑手蹑脚地起床，简单地收拾一下，背上包准备往外走，突然想到自己身无分文，就小心地翻了翻小高的牛仔裤，从他的兜里拿出皮夹子，抽出一张50元捏在了手里。

再见啦。我默默回头看了眼熟睡的小高，在心里和他道了个别，又攥了攥手里的钱，想了会儿，还是决定给他留一张字条："谢谢款待，擅自拿了50元作为路费。再见。"

上了出租车，我给室友发了短信："要是早上你们买鸡蛋灌饼，帮我带一个，感恩。"

不一会儿，手机响了。我以为是室友被吵醒后打来的，一看，是小高。

原来没睡得那么熟嘛。我拒绝接听，打算用不那么尴尬的文字回复，结果被他抢先了一步："对不起。"

这一下子倒让我不知道该怎么回复了。我不认为他有什么对不起我的地方，昨天，乃至之前发生的一切都是我自愿的，我自愿陪他聊天、陪他喝酒、陪他开房，唯一遗憾的是他不喜欢我，可不喜欢我又不是他的错。

"我身上软吗？"也不知道当时自己在想什么，我问出了这么一个没头没尾还带点色情的问题。

"软，也很暖。以后不要把这么好的东西留给像我这样的浑蛋了。"

“你不是浑蛋。”我打下了这么几个字，顿了顿，又逐一删除，回复了一个“好”字。

“谢谢你。”“再见。”他连着发了两条。

我没有再回复，而是放下手机，用指关节用力擦了擦湿润的眼角，嘴里轻轻地念了一声：

“再见。”

（三）

对于闷骚的人，网络是结交朋友的绝佳途径，甚至说它比现实中面对面的认识更加靠谱。大家不会凭借外表的第一感觉率先打出印象分，趣味相投才是感情得以发展的重要因素。

但网络，更多的是危险。

一方面，方块字当前，很难辨识出别人是真情还是假意；另一方面，没见面时彼此会通过文字张开想象的翅膀，见面之后，翅膀就折了。

接下来我要介绍的第二段网恋对象，就有那么点“危险”了。

我给他取名大龅，因为我早就忘了他叫什么名字，只记得那两颗硕大的龅牙 blingbling 地闪着光。

我和他相识于一个文艺网站，那里最早只是一个以分享图书、影音为主的功能性网站，一众爱好文艺的青年在那里以文会友，欣赏鲍勃·迪伦，讨论加西亚·马尔克斯，时不时地还会推出很多同城活动，大家相聚在某个小众的咖啡馆里，一起观看一部同样小众的意大利电影。但我注册的那一年，它已经开始转型，变成了一个征友集市。

这其实也很好理解，虽然文艺青年们骨子里孤傲且闷骚，但他们也吃五谷杂粮，也要买车买房，也渴望将爱情的种子埋进心灵的土壤，所以征友成了他们最有效率的求偶方式。

还有一部分人，比起爱情，更热衷于暧昧，他们寻找的是所谓的红蓝颜知己，说说小情话，讲讲荤段子，彼此需要，但又不重要。

但比较可恨的是，他们给这种不用负责任的感情披上了文艺的外套，而且最初也会表现得特别真诚。

大龅正是这样的一个人。

我忘了我们认识的契机，但他穷追猛打的劲头倒是让我印象深刻。

“人生挺苦的，所以常常需要慰藉，我的烦恼可以跟你说，你的难过也可以同我讲，我们就应该是这样的关系，做彼此的灯、彼此的引路人。”

“这说的什么玩意儿。”我看着私信，在心里翻了个白眼，但还是尽量礼貌地回复："不好意思，我跟你不是特别熟。"

"虽然我们不熟，我也没见过你，但这不妨碍我有点想你。"

"……"

"我知道你觉得突然，不过还请慢慢接受我的仰慕。"

"……"

是的，你们没有看错，当时我一直在回复省略号，那是我觉得最有礼貌的回答。

他几乎每天都会给我发类似的私信，我谈不上有多厌烦，但也没什么特别大的感觉。我这个人很粗糙，也基本没什么文学造诣，与其用文绉绉的字眼打动我，不如直截了当地请我吃顿好的。

直到有一天凌晨，我收到了他在留言板上写下的"生日快乐"，这四个字如同跳动的烛苗，虽然微弱，但多少点亮了我心里的某块地方。

"你怎么知道今天是我的生日？"

"你的第一篇日志里提到过，你说去年的这个时候，你在吃蛋糕，于是我就猜，吃的是生日蛋糕。"

我的天老爷，我自己都记不起来在文章里提到过这个细节了！不说人话的男人不会让我有什么好感，但愿意在我身上花心思的男人，我必须给一个特大的好评。加上我这个人，80% 的属性是自卑，给点阳光真的就很灿烂。当一个如此体贴的人出现，我的内心还是会暗涌一下的。

于是我主动给了他我的联系方式，虽然他之前要了好几次都被我婉拒了，但现在我认为这个人很可靠、很贴心，是做朋友很好的人选。当然，我也延展地想了想，他这么孜孜不倦地想要认识我，摆明了有追求的意味在，要是我们真有发展的机会，这种细心的男孩作为男朋友，想必也是非常称职的。

果不其然，恋爱的酸臭味很快地开始弥散。

每天早上，他的早安短信会比闹铃先到，然后在接下来的时间里，他很有分寸地掌握了问候频率，不频繁，但是会在你恰巧惦记的时候适时出现。虽然之前短暂地经历了小高，但准确地说，我的恋爱经验槽仍然为空，遇到这样的攻势，自然有些招架不住，而且当时的我根本没有考虑过这样一个问题：他熟稔的把妹技巧，不正暗示着他是一根恋爱的老油条吗？

在每天的一来一往中，我们交换了彼此的很多信息，各自的网骗照，各自的小爱好，各自的学业与工作状况。他甚至知道了我和小高的故事，没办法，当我彻底给予他信任之后，对方就会感受到我是如何的掏心掏肺而不设防。我觉得我们两个人之间越来越近，当我知道了我们同城之后，更是喜出望外。

我原以为我们会顺理成章地见面，连第一次约会的地点我都琢磨了好几个，但每天除了日常问候、表达思念、唠唠家常这老三样外，他丝毫没有其他进一步的想法。

莫非他察觉出了我的真实体重？我对着发给他的照片仔细研究，不能啊，明明是 P 得挺好看的，看上去 110 斤不能再多了。

说来也奇怪，按道理我应该是惧怕见面的，因为我是个躲在网络后面的“见光死”。但他斩钉截铁的热情，给了我莫名其妙的自信，认定了他对我的真心日月可鉴。

久而久之，我开始心焦了，虽然他温柔如常，但这倒更让我没了方向。我再也按捺不住了，主动提出见面的想法，他却只平静地回复一句：“还不到时候。”

“所以，具体要等到什么时候？”

“等到我们都成熟了，更贴近彼此了，有足够多的勇气之后。”

噫，这厮又开始说鸟语了。我对着手机轻轻地“喊”了一声，一时半会儿不知道该跟他继续说点什么。他对我来说是那么熟悉，又那么陌生，而造成陌生的主要原因，就是我们见不了面。

不如，我偷偷地去会会他。我萌生了这样一个念头，并且在之后的很多天里，这个念头都挥之不去。

这是我为数不多的执行力超强的事情之一。我开始慢慢套话，得到了他工作的坐标——九亭某个中石化加油站的便利超市，除了周六之外，每天从 8 点半工作到 6 点。

行嘞，那就走一个吧。恰好第二天下午没课，我简单地捯饬一下就出发了，几乎没有任何犹豫。

九亭当然不止一个中石化加油站，但我，一个被甜言蜜语冲坏脑子的蠢笨姑娘，坚信我和他之间心有灵犀，即使没有交换过照片，我也依然能在茫茫人海中感知到他，并且一眼认出来。

结果一连找了两家，不但没有他的影子，连个年轻人都没有，全是叔叔阿姨在卖力。我怀疑自己可能被骗了，也许他只是为了打发我随便说了一个地方。

再走一家就回去吧，我打算给自己的这趟行程画上句号，于是心灰意冷地走进了第三家加油站的便利店。

店里一个人都没有，我绕着货架走了两圈，不死心地拿了瓶矿泉水，走到收银台前等了一会儿。

“陈姐，有客人等着结账呢！”储藏室里传来了一个男人的声音。

“我这整理到一半呢，你先帮我去结一下吧！”

“可我不太会用那个收银机哎！”

“没事，你看看标价，然后把钱先收了，一会儿我出来补扫一下就行。”

“好好好。”储藏室的门“嘎吱”一声开了，一个男人边应着声，边低着头匆匆忙忙地走出来。他反戴着鸭舌帽，额头上露出几根黄毛，鼻梁上架着一副木质黑框眼镜，两只手在裤子上反复拍打，似乎刚在灰尘堆里做了什么重活。他往我这儿瞥了一眼，挪到货架前对着标价看看，拖沓着步子走进收银台，头也不抬地说："那个，两块。"

我看着他，蹙了蹙眉，没有吱声。

他见我站着一动不动，开始有些不耐烦了，抬高声音又说了一遍价格，然后恋恋不舍地把目光从裤裆移开瞅瞅我。刚想继续低头看裆，突然猛地一抬头，满眼的不可思议。

我仔细端详眼前的这个男人，他基本上和照片上的差不多，除了面部肌肤更加坑坑洼洼一些，以及两颗特别吸睛的闪亮大龅牙被巧妙地隐藏了之外。

"谁让你过来的？"令我意想不到的是，我们见面的第一句话听起来竟然这么寡情。

"我去哪儿，需要得到你的许可吗？"那我也酷一点好了。

他涨红了脸，一时半会儿不知道该说什么好。这时储物室里有人催促："账结好了没有？好了就赶紧来帮忙！"

"来了！"他讪讪地应了一声，转而继续看向我，面无表情地又重复一遍，"两块。"

我用鼻腔轻轻"哼"了一声："我不要了。再！见！"说话的时候，我能听见自己的腮帮子嘎吱作响。

我把矿泉水放回货架，捏紧拳头径直走出了便利店，指甲深深地陷进肉里，浑身不自觉地颤抖着。

我觉得自己受到了莫大的羞辱。

回家的地铁上，我收到了他的短信：“全都被你毁了，你这个自作主张的傻瓜。”

我盯着这几个字看了半天，没有回复。因为不想，也不知道该说些什么。

见到他的第一眼，我只觉得他比照片中长得矬了一点，当然我也比照片胖20来斤，两个人半斤八两，谁也不该说谁。但他的态度，简直和平时判若两人，我能感觉到面对我的时候，他的错愕、尴尬、恼怒，还有一点憎恶。为什么会有憎恶，我想他的短信给出了完美的解释，因为他营造的假象全都被我毁了。他不是骗子，和我打得火热也不是出于骗财、骗色的目的，他只是沉迷于可以躲在网络背后的遮遮掩掩的感情，看到女孩子们被他的情话兜得满世界转，就一股子成就感充溢全身。可我的到来，打破了我们之间镜花水月的关系，他的面具毫无防备地被我撕下，羞愧却又无处遁藏，所以，他一定恨上我了。

接下来几天的咒骂短信更加印证了我的想法，是的，他恨我，他用极尽恶毒的话攻击我——肥胖和丑陋是主旋律。虽然我对他的感情早就在地铁上消失得无影无踪，但我的身体里依旧淌着自卑的血，他的话还是字字戳心，深深地刺痛了我。

我本想给彼此留点好念想，可这么一来是没有一丝可能了。他其实和我一样自卑，但他自卑的方式是躲躲藏藏，是打肿脸充胖子。

我看不起这样的人。

还是祝你的龅牙茁壮成长吧。我打开通信录，点开他的名字，献上祝福并且拉黑。

完美。

Part 02

在遇到你以前，我从未想过异地恋

（一）

跟老南认识的过程很简单，版聊——网聊——视频——确认关系——见面。

从认识到恋爱，一共半个月。

最初和他聊天我并没有什么压力，毕竟经历过两次失败的网恋，我已经在心里封锁了这条脱单途径，只想简单地看看资讯、交交朋友。

但老南的优点在于，知晓分寸，言行得体，穷追不舍，稳扎稳打。尽管初期每天都要找我聊上两句，可他的时机都掌握得很好，也晓得控制聊天长度，尽量不招我烦。他会在字里行间不时展露出自己的学识，但不卖弄，且巧妙地避开体育和政治这些冷场的雷区，知道要把话抛给我，听我多说两句。

一个有智慧的求稳选手。

聊的时间一长，他便开始表露心迹，不时说几句情话。

其实每个男人都会用自己的方式讲情话，区别只在于语言的华丽性罢了。一样是文绉绉的调调，老南和大龅不同的是，他的情话说得很真挚，有诚意，而且有头有尾，像人话。

慢慢地，我发现老南很对我的路子——说话有意思，肚里有学识，一个好玩儿的知识分子。

我喜欢这种人。

美中不足的是，他魁梧、壮硕、黑漆漆，浓眉、小眼、大脸盘，看上去一点都不像知识分子，跟我当时心仪的裴勇俊、吴启华之流相去甚远。

但是真要喜欢某个人，哪怕他与你的梦中情人没有一丝一毫的相像，你也依然会为他着迷。

所以很自然，我被他追上了。

我似乎把过程说得过于简单了，不是我对这段罗曼史避而不谈，只不过在我的眼里，它实在是过于平凡——聊聊日常，讲讲情话，关系就这么匆忙定下了。

（二）

我们第一次见面，是在确立关系的十天之后，十一长假的头一天。做出决定的时候，离长假只有六天，他正好搞到两张音乐节的票，而那之前我从没有去过音乐节。

“你能来北京吗？”他很自然地发问，语气激动。

可我一个姑娘家，独自一人去北京见一个网上认识的男朋友，这事怎么想危险系数都特别高。我犹豫了一下，没有吱声。

他没有发觉我的顾虑，兴奋地盘点起自己的导游计划：“哎呀，到时候我们去吃麻小、吃驴火，对了，北京特色的小吃你有兴趣吗？比如炒肝儿卤煮豌豆黄，烤鸭……烤鸭对你来说估计已经不稀奇了……哦，对了，我们学校楼下的烤冷面据说很好吃，也可以带你尝尝，北大附近还有个西门烤翅……”

我越听越迷糊，不争气地咽了咽口水。

“我们还可以去后海划船，去景山看看崇祯上吊的那棵歪脖树，去南锣鼓巷逛逛，不过南锣鼓巷那种地方游客太多，更像个旅游景点……”他皱着眉认真掰着手指头，提到“南锣鼓巷”，摇了摇头又蜷回了一根指头。

看着他的样子，我突然对自己先前的怀疑有些小生气。

“怎么啦？哎呀，光顾着我说，忘了问你意见了，你想去哪儿？尽管说，时间允许的话，我们就多去几个地方。”

“没事啊，着什么急呀，不一定非要去很多地方。”我向来不爱走马观花地赶景点，立刻温和地否定了他的提议。

“我只是觉得以后我们见面的时间会很少，想带你多转转。”黯淡在他的脸上一闪而过。

“在一起就好，只要我们在一起就好。”我特意加重了“在一起”三个字。

“嘿，也是。”他咧开嘴。

其实我们还有更紧急的任务，就是各自先找父母要点钱，买票，订酒店。当然，我可不敢跟双亲实话实说，只能谎称去北京找同学玩并且住在她家。由于双方家庭条件都非常普通，我们也不好意思理直气壮地要太多钱，所以出于经费考虑，他订了学校附近最便宜的半地下招待所，我提出我可以买普快硬座，但被他立即否决了。

“普快硬座时间长又不舒服，你可不能坐。就买动车吧，那点差价别的地方省省就出来了。”

尽管第一次见面如此寒酸，我们依旧感到开心又知足，心心念念着见面之日的到来。

十一早晨，我踏上火车，正式北上。

火车越驶越急，我的心也跟着越跳越快，与其说是小鹿乱撞，不如讲是大象扑腾。

这次见面对我来说，是一场真正的冒险，比见小高和大龅危险多了。一个人去异地，见一个只在网上聊了半个月的男人，任谁都会觉得我一定是被灌了什么迷汤，神志不清了。我对他只有最基本的了解，充其量还知道一些他的爱好和家庭故事，万一先前都是伪装的，万一见了面他露出狐狸尾巴，万一他拿走我所有的钱把我丢在大北京的茫茫人海……我开始质疑自己的决定，毕竟这次旅行，我真的只是在跟着感觉走，凭着自己前所未有的心动，凭着一腔青春期的热血，我就这么欺骗父母，独自去了离上海千里之外的地方。

这几天会发生什么，我实在是不知道。可能会按照原先设想的那样，也可能有意想不到的歹运，这都是说不好的事情。从小到大，我都是一个凭感觉做事情的人，这种行为确实不太着调，万幸感觉大多还算靠谱，但愿这次也一样。

由于心理活动太多，导致脑袋微微发涨，我索性什么都不去想了，往后一仰，睡会儿。

“到哪儿了？”我迷迷糊糊地感到手机在振动，拿起来一看，是他的短信。

“嗯……”我四处张望了一下，“天津。”

“哦，那快了，我已经在路上了，不过，我忘了买花！对不起！”

“嗨，买什么花呀！”

“第一次见面，两手空空的也太不像话了！”

“哪有那么多闲钱！”

“也是……以后等我们富裕了，我一定补给你！”

要是知道这个直男在若干年后补偿我的是一束无比幼稚的小熊

花，我当时在动车上就不会乐得像个傻子一样了。

这么寥寥几句的短信对话竟然有股神秘的力量，立刻打消了我之前那些对他不好的猜想。他是一个如此可爱的人啊，到目前为止的一切交流也从未让我感到有丝毫虚伪，我会有一个美丽假期的。

8 个多小时之后，列车终于到达北京，缓缓停下。我提着行李箱下车，在风中瑟瑟发抖。十月的北京比我想象中要冷，我只穿着一件单薄的风衣，秉承南方人“取暖主要靠抖”的信念在车站左顾右盼。

在攒动的人群之中，一颗大脑袋朝我快速靠近，我渐渐看清它属于一个高个儿的胖子，正在呼哧呼哧地向我跑过来。

是老南！

我一下子紧张起来，握着行李箱拉杆的手全都是汗。眼看他越靠越近，我别过头，装作没见到他的样子，抖着腿继续东张西望。

眼前的光亮突然被遮住了，我用眼角的余光瞥了瞥，一个彪形大汉站在了我的身前。他也不作声，只是静静地站在那儿，静静地等我正视他。

“嗨……”再装下去也不是个事，我扭过头，僵直地举起手挥了两下。

还没想好下一步该做些什么，我的脸已经贴到他的胸膛上。我的脑子突然一片空白，只能感觉到他的法兰绒衬衫很软，他的身子很暖。当我清醒一些的时候，我感觉到了他加速跳动的心脏，还有搂着我的双臂，不知道是冷风还是紧张所致，正在微微颤动。

我从来没有体验过这样的拥抱，温度和情感都如此合适，竟让我犯起了懒。慢慢地，我松懈了全身，把压力都转移到了他的身上，同时放开行李箱，环住他的腰。

这肚子也太大了。我这么想着，愈加贪婪地享受起这种男人气十足的温度，不愿意放手。

结果，如此偶像剧一般的场景被我肚子里一声划破长空的响声终结了。

老南没憋住，松开手，捏了捏我的肩头。“哎哟，看来这是饿得不轻啊。”旋即又皱皱眉，略带责怪地问，“怎么路上不带点东西呢？车上买点也好啊。”

“出门匆忙，忘准备了。车上的……太贵了。”多亏我的肚子，紧张和羞涩一哄而散，我看着他，傻笑起来。

“唉！”他重重地叹口气，然后拉住我的手，“走吧，我们先把行李放下，然后去吃点东西。”

他的手很大、很热乎，因为弹琴还有些粗糙，但男人的手就该是这样的。我被一路拽着，不时踏着小碎步紧跟，两个人一起走进了人潮。

他订的招待所离地铁站很近，出地铁站没走几步就到了。老实说，虽然早已做好心理准备，但我还是没办法一下子接受我接下来要住的地方。我从小到大都没有住过这种类型的旅馆：公用厕所和浴室，豆腐块大小的房间，20 世纪 90 年代的老旧电视机，伴着地下独有的发霉味和潮湿气，让我感到非常不舒服。

“对不起。”大概是看到我死气沉沉的脸色，他愧疚地连连道歉，“我算了算我们加起来的钱，要待六天，只能是这样的住宿条件了。”

我意识到自己表现得有些明显了：“不不不，没关系的。能住就行。”

为了扯开话题，我一边麻利地把行李打开整理衣服，一边问：“一会儿咱们去吃什么呢？”

“咱一会儿出门逛逛吧。你饿吗？”

“其实也没有那么……”我话还没说完，他就从身后环抱住我，“饿……”

“可算是抱到活人了，”老南把脸靠在我的肩上，我能感受到他说话时呼出的热气，“隔着屏幕，太难受了。”

我没有回答，就这么静静地让他抱着，但心里已经有一千条弹幕飞过：“我也是”“我喜欢你”“谢谢你也喜欢我”“果然北京没来错”“网络一线牵，相逢即是缘.jpg”“遇上你是我的缘.gif”……

好像是静止的时间突然运转起来了，他终于放开我，说：“走吧，吃点东西去。”

已经快10点了，我们随便找了一家涮肉馆子坐下来。店里冷冷清清的没有第二桌客人，服务员也垂头丧气地耷拉着脸。我们坐在窗边，一会儿透过水雾蒙蒙的玻璃看看窗外，一会儿又傻傻地含着笑意凝视对方。弥漫的热气拍打在我们的脸上，肉没入胃，身体已觉温暖；酒未下肚，脸却红扑扑的，像是有了醉意。

我来对了。我看着他的大脸暗自庆幸，偶尔给自己一次头脑发热的机会，看来很有必要。

那家不知名的火锅店并没有什么出彩的地方，但之后再去北京，我都会刻意从那儿经过，看看它还在不在，看看那时我们的位子上是否也坐着情侣，是否也像我们当初那样，双颊泛红，眼神里流露着无限的温情。

（三）

结果第二天，我就差点死在北京。

那天下午，我们兴冲冲地去了海淀公园，那是我第一次体验音乐节。他此行的目的很明确，他非常喜欢的乐队——山羊皮（Suede）的主唱布赖特·安德森会作为压轴嘉宾表演，而我只是把这里当作一个走马观花的地方，开开眼，乐和乐和，跟着他一块儿抖抖腿、晒晒太阳就心满意足了。我对音乐和明星的态度一向理性，喜欢，但不会追逐，更别提会多狂热了。我从小到大都没有攒钱去看过任何一个歌手的演唱会，音乐节更是没有听说过，一方面因为我穷，另一方面因为我土，要是没有他的带动，我估计这辈子都够呛能接触到音乐节。

“今天有你喜欢的歌手吗？”我俩躺在草坪上，他转过头问我。

我看了看手里的演出单：“嗯……张悬……嗯……”

“你好歹也是混豆瓣的，怎么一点也不文艺。”他笑呵呵地拿走我手上的单子，“重塑雕像的权利，不知道？”

反正那天之后我是知道了，因为就在“重塑”表演的时候，我差点死掉。

事情是这样的：

因为“重塑”之后的表演嘉宾就是张悬，老南建议我们往前排走走。

“你不就认识一个张悬吗，那咱们就靠近一点看吧。否则这趟你就光陪我了，我怪不好意思的。”

“没事啊……”我的声音被淹没在“重塑”疯狂歌迷们的尖叫声中。

他拉着我走到中间靠前的位置，我们被人海包围住了。“重塑”现场的气氛很好，我也逐渐被感染，跟着一众青年摇头晃脑起来。

高潮来了，可能是轮到了某一首成名作，所有人都开始踮着脚跳起来，后来我才知道这叫POGO。那成，那我也跟着PO一个吧。结果还没蹦跶几下，前排的观众突然一起往后跳，一大拨背影朝我们涌过来。

我从没遇到过这种情况，也不知道具体发生了什么，只好一边慌慌张张地抬起胳膊抵住迎面袭来的人潮巨浪，一边踩着步子向后退。可要命的是，后排群众显然不知道前头发生了什么，依旧激昂振臂地比画着摇滚的手势，并试图往前挤。

这就很尴尬了。

我意识到自己可能成了夹心饼干中的夹心，想要大叫但发现自己根本发不出声，所有的求救呐喊都伴随着绝望被堵在嗓子眼儿。没有别的办法，我一边听着自己重重的喘息声，一边闭紧双眼，死死地拽住老南的胳膊。

前排后撤的速度越来越快，现场顿时乱作一团，我的鞋被踩掉一只，也顾不得捡，立刻又被往后推了好几步，只能赤脚踩着冰凉的草地继续向后躲。

好在老南还在我身边。没事的，没事的，我安慰着自己。

"哗——"，又是一阵突如其来的推搡，尽管保持着高度紧张，我的力气终于被耗尽了，这一次，我手一松，丢了重心，笨拙地摔倒在地。

完……蛋……了……我彻底死了心，放弃抵抗，用双臂夹住脑袋蜷成一团，心灰意冷地等着几百只脚丫子轮番踩上来。

“不要再往后了！”原本“嗡嗡”直响的脑子里突然传来老南的一声怒吼。我微微睁开眼，向上仰仰头，隐约看到一个高大的背影正在奋力地推开如山倒的人群，像一个孤军奋战的战士，而我正是他想要保护的姑娘。

“该死的！不要再往后了！”他又大声嚷嚷了一句，眼看实在是拦不住了，身子一斜，俯身趴到我的身上。如果气氛不是那么紧张刺激，我可能会想象成他在“地咚”我。

“有人摔倒啦！你们不要再往后啦！”当我以为我们要双双在海淀公园殉情的时候，有人发现了我们，并立刻跟着叫起来。

“你们几个，赶紧拉住手，围个圈！咱们围个圈！”人群里又出现一个“大嗓门”，指挥着大伙儿围成一个大圈，把我俩围住。

先前亢奋的歌迷好像逐渐冷静下来，也不蹦跶了，慢慢从我们身边散开。

我们得救了。

他用力一撑，从地上起身，然后抓着我的手臂把我扶起来。我有些惊魂未定，光着一只脚踩在湿冷的草坪上，身体忍不住地微微颤抖着。

“没事了，没事了。”他把我揽在怀里，不住地摩挲我的后背。

一股暖意在我心里涌开，很快我就缓过来，但他的怀抱很舒服，我干脆多倚了一会儿。

“咱们回去吧。”他的声音从胸腔传出来。

“不，不，没关系。你还要看你的山羊皮大叔呢！”我立刻挺起身子，仰头看着他，“况且，我还没找到我的鞋呢，可不能这么回去。”

“那接下来，你把脚踩在我的脚上吧。”他弯下腰，把我的脚放到他的鞋上，然后握住我的手，十指紧扣。

我早就不记得之后张悬和布赖特·安德森唱了些什么，但当时吹着风拉着手踩着软鞋头那种狼狈的甜蜜感，至今难忘。

布赖特·安德森的表演结束后，我们在原地站了一会儿，待人群散去，边玩着两人三足，边开着手机后置手电筒开始寻宝游戏，很快就锁定了一只被踩得又脏又烂的唐卡鞋。

他蹲下身握住我的脚轻轻地为我套上鞋，幸好，还能穿。

由于时间太晚，地铁几乎都停了，出租车也大都被提早离场的人打走，我们只好叫了个“黑车”回家。一路上，我总忍不住低头看看这只脏兮兮的鞋，回忆今天在音乐节里发生的一切，有点惊悚，又很浪漫，像故事，却很真实。想到他不顾一切地护着我时，我告诉自己，他值得信任、值得托付、值得我认真去爱。

想着想着，我疲惫地靠在他的肩上睡着了。

（四）

接下来几天，我们的日子过得愈加凄苦，因为预算越来越紧张，钱包里的钱所剩无几。

谁让我们刚来那会儿又是划船喝酒，又是大鱼大肉呢。

“要不……要不我打电话让我妈给我打点钱吧。”老南为难地说。

“还是别了，多不好。”

当时正值饭点，我们游走在西单，有气无力地弓着背，饿得饥肠辘辘。

本来这个时候我们应该在招待所旁边的小馆子里吃炒饼的，但老南说已经连着吃四顿炒饼了，而且这两天为了省钱我们几乎没怎么出门，光待在招待所里看剧了。我难得来一回北京，怎么着也得出来逛逛，于是他就把我带到了西单。

“咱们吃什么呀？”我迷茫地看着人来人往。

“也不能吃太贵的，要不吃汉堡王吧。”老南提议。

“王八？我们哪儿有那么多钱吃王八呀？”我已经饿得神志不清了。

汉堡王排队的人还不少，我和老南站在三四个人后头，抬着头，神情肃穆地研究起价目表。

“我还是头一回觉得汉堡王这么老贵。”老南口中念念有词，“太贵了，要不咱走吧。”

“别啊，你想吃咱就吃，我这还有一百块。”我从包里掏出钱包，“反正招待所的钱也付了，回去的车票也买好了，基本上没什么花销的地方了。”

“那我要一个皇堡！”老南像个孩子一样喜笑颜开。

结果，我们买了个小皇堡，一人一半分了。

因为我记错了，我身上只剩三十多块了。

“这个故事告诉我们，理财是多么重要。”我用纸巾抹了抹嘴，见老南一语不发、两眼发愣地看着餐盘，就用胳膊推了推他，“你怎么啦？”

“我未免也太失败了，和喜欢的姑娘第一次见面，穷酸成这样。”老南看上去心情很低落。

“哎哟，一天到晚说什么呢，我们现在都是学生，本来就……”话说到一半，我的手机振了振，来了条新短信。我打开瞅了一眼，一下子从椅子上弹了起来，“啊哈！有钱了，有钱了，老南，老南，我们有钱了！”

“啊？”老南还没反应过来发生了什么事。

“赶紧查查最近的 ATM 在哪里，快快快。”我拉着呆滞的老南一路小跑。

西单地下商城的入口就摆着一台取款机。我斜着嘴、皱着眉一通狂摁，老南在一旁默不作声地站着，不敢打断我。

凑近屏幕确认了好几遍余额之后，我难掩笑意地取出一沓钱，然后退出卡对着老南晃了晃："之前实习的时候欠了我一个月的工资，今天到账了，一千二百元。"

"那我们可以再去买个皇堡吗？！"老南兴奋地睁大了眼睛，说话时激动得唾沫星子乱飞。

"那必须啊！"我双手握拳在他的胸口上捶了会儿。

我们俩像疯子一样高举双手、跺着脚一通欢呼，紧接着又火速前往了汉堡王。

尽管有了那一千二百元，我们依旧决定在最后剩的那两天里老老实实吃炒饼，一人五块，经济实惠。

北京之旅的最后一晚，我们一夜没睡，重温了亚当·桑德勒的老电影《初恋五十次》，那是老南最喜欢的电影之一。

我没有问出"要是哪天我也失忆了，你会怎么办"这样俗滥的问题，只是用手撑着脑袋，不时看看房间里的钟。

还有四个多小时就该滚蛋了。

老南合上电脑，把摊得乱七八糟的电源和数据线一一归置好放进包里，然后坐到我身边，说："你愿意吗？"

"愿意什么？"

“愿意跟这么一个我谈恋爱，愿意跟我这么谈一个恋爱。”他背对着我说。

我笑了：“王八看绿豆，对上眼了，能有什么办法呢？”

他也跟着“嘿嘿”傻笑了两声，又立刻严肃起来：“明天你一走，我们就是正儿八经的异地恋啦。”

“没关系，反正我单身这么久了。”我不以为然，“每天都能视频，又不是见不着面，怕什么呢？”

但很快，我就被打脸了，“啪啪”响的那种。

（五）

虽然我自认为能够适应爱人不在身边的伪独身生活，但其实我比自己想得差远了。跟老南的恋爱也算是正经的第一段感情，无任何经验可循，心智又特别不成熟，所以每当看到别的小情侣挤在一块儿有说有笑的时候，心里总是空落落的。

我和老南都算得上“不学无术”，时间有的是，可没有钱才是最大的问题。两个人的家境都非常普通，来回路费和住宿费对我们来说是一笔巨大的开支。为了见一次面，我们总要省上大半个学期的钱，然后买张特快硬座，再订个半地下招待所，吃力地在一块儿待个四五天。

而且更加凄惨的是，每回我逃课去找老南，老师总会在课上点名。班里的同学们摸清了这个规律之后，出勤率都有了显著提高。

异地恋，实在是太辛苦了，特别是在两个学生之间。

这样的压抑感积累多了，骗得了一时骗不了一世，总有一天会爆发的。于是我隔三岔五地都要哭一哭，没人气我，就是心里实在是堵得慌。

我也不怕被笑话，给诸位看看当时写的文章，你们大概就能充分感受到那种矫情和委屈了：

现在是凌晨一点，我知道今天下午就要考六级，早上六点还得起床去扫墓。

这两天晚上都没怎么睡好，现在困得像傻子似的，但是我依旧不想睡，趁着生理的困意还没有完全达到精神上的排斥，我决定写点东西。

昨天原本是老南回北京的日子，晚上的火车。我们十一点半退了房，下午去朋友家里落脚，那儿离火车站很近。

老南早上很早就醒了，所以下午我明显能感觉到他的困意，但哄了半天，他还是执意不肯去打个小盹儿，只是每到整点都会叹一口气，告诉我还剩下多少可以在一块儿的时间。

我们吃晚饭的时候，他没怎么作声，只是把头埋得很低，苦苦扒饭，后来美其名曰化悲愤为食欲。将近吃完的时候，他突然说要把车票改签到周日。

之前我一直说，我想把火车票撕了，那样你就回不去了，但归根结底是说说而已。我起初以为他开玩笑，于是随声附和，但是他很决绝地告诉我这是他的真心决定，让我心里突然有种说不出的滋味，当然，高兴是占大半的。我知道他是为我留下来的，但让我矛盾的是，我并不想影响他的学业，毕竟就快期末考试了，挂科总是不好的。

不过我最终也没能说服他，于是匆匆忙忙地，我们打的去了火车站。

换票的过程有点赶，一路上我们都很兴奋，直到把改签票搞定之后，我们彻底疯了，俩精神病在南广场大声地说话、放肆地笑，兜兜转转了一圈，又回到原处。

但是我今天必须回家，这十天中的六天，都是瞒着父母的。今天再不回家，一是说不过去，二是强烈的负罪感。所以多出的两天，我不能常伴左右了，再对老南说声对不起。

一个人回家的路上，我想了很多，回忆了很多。人不可能总是像傻子一样乐和，每次疯狂的愉悦后，总是会陷入可怕的安静。我发短信给朋友，想告诉她我是多么烦躁，结果却习惯性地错发给了老南。老南问我怎么了，我说是因为六级考试。在这里我必须承认，我撒谎了。六级这种考试还不足以让我害怕到某种程度，我只是突然有种落寞。我不断地骗自己，泪早已在两天前流干，该哭的都哭了，该说的也都说了，直到今天晚上，我还依旧认为我放下了。见不到面怎么了，我们还能视频，短暂分别怎么了，再过两个月可以再见面，我自恃把一切都想得透透的。但是结果，我依旧还是没办法摆脱阴晴圆缺。突然我发觉，之所以不想让老南留下来，不仅仅是害怕影响他的学习，很大程度上，是不知道再过两天，我是否还能在站台笑着看他离开。

人在异地，身不由己，却更能懂得感情的来之不易，也就对现在的一切愈加感恩与珍惜。总说我把感情生活和网络世界联系得太紧密，可要能每时每刻腻歪在一起，谁还有闲情逸致整天在网上瞎扯呢，一切都只是宽慰可望而不可即的想象。

再忍忍吧，我不断告诉自己，我们终究会有好结果的。你会来上海，我们会结婚，然后养一条大狗子，生一个胖孩子。

将要直面的，与已成过往的，较之深埋于我们内心的皆为微沫。即使对于现在的我们来说，见面是奢侈，美好是短暂，我也并不曾真的埋怨过。如果不经历颠沛，我们也就不能成为现在的我们。当然，我们现在也不见得有多完美，但是至少一步步地向着我们所想的在走着，最重要的是，我知道，你也有同样的信心。

要死，回看自己当初写的东西，真是极其羞耻的。虽然行文非常矫情，但这确确实实是我当时的直观感受，情绪总是间歇性大起伏，和老南分别的时候天昏地暗，在一块儿，又变成“解放区的天是晴朗的天”了。

我曾经鼓吹异地恋，觉得这是对情侣的一种考验，熬过去就好了。但现在我回忆这些事情的时候，虽然感觉淡了，仍旧有很多酸楚沁入心脾。

衷心希望天下相爱之人永远不要受这种折磨。

我和他这么一熬，就熬了两年。

两年的时间，说短不短。很多人问我是怎么做到的，其实我实在是没什么经验可传授，就是死磕，就是硬扛。因为看完《初恋五十次》的那一晚他告诉我，异地恋得以持久的宗旨，其实不外乎三个词：信任、宽容、执着。

不得不说，老南有时候确实挺有智慧的。

这三个词，通俗易懂，但真要履行起来是很难的。它们其实适用在很多事情上，直至今日，一遇到什么不顺心的事情，我依然会在心里念叨念叨。

（六）

美化老南美化得差不多了，接下来进入批斗阶段。

老南虽然是个聪明人，但愚蠢起来也特别气人，哦，与其说是愚蠢，不如说他是一个笔直的直男。

就拿送礼来说吧。

我和他认识之后的第一个情人节，我满心欢喜地期待他会送我什么东西，结果那天视频，他专注于玩魔兽，对我心不在焉。

我憋着满腔怒火刚要辱骂他，他气一舒，把鼠标键盘一放，说了句：“好了。”

“什么好了？”我没好气地问。

“爱情鸟打出来了，婚纱做好了。”他满面春风地说，“来来来，你上号，骑上我给你买的鸟，穿上我给你做的婚纱，咱们去艾泽拉斯走走，馋馋别人。”

于是我和他，两个肤色泛绿、发型朋克的地精，穿着西服和婚纱，骑着鸟到处漫无目的地闲逛。

他还兴致勃勃地截了几张图留着做屏保，看他那样，我倒也生不起气来了。

第二年，他来我家见家长，跟我说准备了一份大礼送给我。我满怀期待，最后到手的是一个高达模型。

“我瞒着你拼了很久哦！几乎可以说是没日没夜了！”他非常骄傲。

结果这个模型后来被我妈拿来当眼镜架和帽架了。

第三年，他在上海找了一份销售的工作。某次去宝鸡出差，回来路上说给我带了礼物。结果呈现在我面前的是一个木制的蛤蟆，嘴里叼着根棒棒，拿着棒棒去刮刮蛤蟆的背，会发出一种很像蛤蟆叫的声音。

“谢谢，不过我要这个干吗？”我拿着蛤蟆不知道该怎么处理。

“还有礼物哦！”他神秘一笑。

损色儿，还会先抑后扬了。我在心里笑骂。

可看到礼物之后，我立刻笑不出来了——那是一个兵马俑的皮影，还用相框裱了起来。

后来，我那别具情趣的妈把它挂在厕所马桶的正上方，搞得我每次上厕所都觉得怪怪的。

去年，我挺着大肚子靠在床上看老南打游戏，似乎是一个星际历险的游戏。

“媳妇儿，你怀孕辛苦了，我要给你个礼物。”

当时的我已经对这两个字很麻木了，心想肯定不是什么正经礼物。

果然。

“你看啊，这个游戏里面有许许多多星球，这些是已经有人发现的，还有一些没名字的，就是别人还没有去过的。”他拿着手柄，身子跟着屏幕中的飞行轨迹晃来晃去，“我呀，打算发现一个没人去过的星球，然后用你的名字命名……就叫瑞星怎么样？感不感动？”

我感动个毛！当我是杀毒软件吗？

有这工夫帮我捶捶腿、干干活好不好？

吁，写到这儿，我拍拍胸脯给自己顺了顺气。

Part 03

我愿意，我爱你

（一）

2014年10月1日，我和老南在他的老家烟台举行了结婚典礼。

婚礼是我婆婆一手包办的，可以说，到达烟台之前，我和老南对当天流程和相关事宜一无所知。

我们提前一天到了烟台，婆婆热情地迎接了我们，并简单地讲了一下婚礼当天的安排。我对当地的规矩礼数不甚了解，懵懵懂懂地听着，什么凌晨2点起来包饺子啦，什么事先在床上铺好花生、核桃、大枣啦，什么提溜着红色行李箱去男方家啦……事情实在太多了，听得我一阵发晕。

婆婆还在激情昂扬地说这说那，老南轻轻地推了我一下：“记不住就别记，那天会有人提醒你的。”

我朝他比了个“OK”的手势，大脑开始放空，并很好地掌握了节奏，不时向婆婆微笑颔首，以示自己听得非常认真。

这项厉害的技能还是我在初中的数学课上练就的。

婆婆终于讲完了，估计嘴皮子都快冒火星了，赶忙啜了口茶：“也别太紧张，一会儿我们去饭店彩排个走位就回家！”

驱车前往饭店，司仪已经早早地在那儿等着了。他跟我们对了对词儿，然后大致讲讲致辞和鞠躬的时间节点。

“其实挺简单的，到时候仔细听我怎么说，你们跟着做就行了，我还会用眼神和你们交流哦。”说完，他开始朝我们挤眉弄眼。

“行！好！谢谢！那天就麻烦您了！”我俩被他弄得有些生理不适，老南立刻伸出手，用力地同他握了握，然后拽着我离开了现场。

（二）

由于娘家不在烟台，当晚我和伴娘必须住在酒店，等着老南第二天把我接回家。

伴娘是老南的学妹，一个非常可爱的姑娘。当天夜里，我俩躺在床上，都没有睡着。

“我还是第一次当伴娘呢！”她略带兴奋地说。

“巧了！”我拍了拍大腿，“我也是第一次当新娘。”

“我说今晚咱们还是早点睡吧，凌晨 5 点就得起来化妆，之后还要忙大半天，都不带有空闲的！”

“毕竟也算是我的大日子，睡不着。”我把手垫在脑袋下方，凝望着天花板，“倒是你，我做过伴娘，不比新娘轻松多少，你快休息吧。”

结果第二天我是被她叫醒的。

“新娘子，醒醒，醒醒，化妆师来啦。”

“嗯……嗯？”我立刻从床上跳起来，慌慌张张地开始刷牙洗脸。

从化妆到穿婚纱大概花了一个半小时，看着镜子里的自己，我的内心毫无波澜，甚至有点想哭。因为实在是太胖了，没有腰不说，副乳都快被挤到肩膀去了。

还没伤心很久，“噼里啪啦”的鞭炮声已经响起来了，老南携迎亲队伍浩浩荡荡地来到了楼下。

我按照规矩，双脚离地，用一种特别做作的美人鱼姿态坐在床中央，同时伴娘和化妆师匆匆忙忙地将裙子铺开，遮住我的下半身。

“一般新娘子都要藏只鞋,然后让新郎官找呢。”化妆师提醒道。

“哦……”我木讷地点点头，跷起脚，脱下鞋，环顾四周，都是些太容易暴露的地方，于是干脆把鞋塞进裙摆。

没一会儿工夫，门就被叩响了。

“谁啊？”由于我不能说话，一切需要发声的事都只能交给伴娘了。

“是我。”门外传来老南的声音。

“你是谁啊？”

“我是新郎官儿。”

“你有什么事吗？”

“我来接我媳妇儿回家！”老南有气无力地回答了一声，我猜他此时一定和我一样，觉得这段对话特别丢脸。

我偷偷笑出了声，发现伴娘瞪了我一眼，便立刻收敛起笑容，继续端庄。

在老南和伴郎“哼唧哼唧”地各做了20个俯卧撑并且把身上的红包都塞进门缝之后，我示意伴娘放他们进来。

“不再做几个游戏啦？”伴娘抵着门轻声地问，朝我连比带画。

我摇摇头，一方面觉得这个环节实在是太愚蠢了，另一方面，我见不得老南被当成猴耍。

刚转开把手，老南和伴郎以及摄像师就立刻心急火燎地破门而入。

他看到被婚纱勒得快喘不过气的我，没忍住，一转头，“扑哧”就笑了，抬眼瞥见拿着摄像机的摄像师，又马上回归严肃。

“新郎官，新娘在这个房间里藏了只鞋，你给找找呗？”我依旧不能吭气儿，还得由伴娘做我的发言人。

老南小声和伴郎合计了一会儿，然后俩人分头找起了鞋。

他们翻遍了所有能够得着的地方，一无所获。愁眉不展之时，老南突然眼睛一闪，好似脑门儿上亮起了小灯泡。

他径直朝我走来，把手伸进裙底一顿挠，场面一度有些色情。突然，他像捕获了猎物一般，虎躯一震，旋即掏出一只亮闪闪的婚鞋，高举在手上，得意扬扬地看着我。

我赞许地点了点头，朝他竖了个大拇指，然后吃力地扒着床单，挪着屁股蹭到床沿边，伸出了脚。

他为我穿上鞋，顺势单膝下跪："媳妇儿，愿意跟我走吗？"

我笑而不语。

他疑惑地看了我一眼，提高音量又问了一遍："媳妇儿！愿意跟我走吗！？"

我依旧笑眯眯的，不置可否。

"差不多得了啊。"老南急了，黑着脸小声说，碍于摄影机对着，还尽力保持嘴唇不动。

"啊？我能说话啦？"我这才反应过来，"哎呀，愿意，愿意，走吧，走吧。"

下一站，老南家。

（三）

自打车开进小区，我就看到树干和井盖儿上都贴着“囍”字的红纸。

“相当高调浮夸……”我边自言自语，边把头转向老南，结果发现他流着哈喇子正徜徉在甜蜜的梦乡，我立刻推了推他，“喂！起来！到你家了！”

他猛地惊醒，吸溜了下口水，用力眨了眨眼：“这么快啊。”

“新郎，赶紧给新娘开车门去。”司机把手刹一拉，回头催促老南。

我被搀下车，理了理裙摆，抬起头刚想意气风发地上楼，不想笑容却僵在了脸上。

眼前立着一个巨大的充气拱门，大红色的，左右两侧的充气柱上还顶着两个硕大的灯笼。中间的拱桥部分，贴着“贺南 ×× 范 × 新婚誌囍”的黄色字样，整体看上去，有种不可名状的喜感。

上一回见到这种门，还是在我家附近某个新开张的家具大卖场。

我抑制住心中想跪下磕头的冲动，和老南一道被众人推搡到了拱门正下方站着，活像两个胖墩墩的吉祥物，迎接着轮番上阵要求合影的宾客，脸上笑意盈盈，心中泪水涟涟。

“我今儿个算是开眼了。”我找个身边没人的当口儿暗戳戳地对老南说。

“谁不是呢！”老南苦着脸回答，看到下一批合影群众朝自己走来，我们又立刻堆起了笑容。

鞭炮放完了，相基本上也照了，这下可以上楼了吧？我扫了一眼人群，心中默默盘算着。

可事实证明，我的见识还是太浅薄了。

又是一阵鞭炮声响起，这次还多了敲锣打鼓的声音。小孩们率先雀跃地拍起手，众人闻声纷纷向左转，聚精会神地看着前方，不时有人大声鼓掌喝彩：“好！”

啥玩意儿？我好奇地顺着他们的视线探出头，结果彻底蒙了。

谁能跟我解释一下为什么我的婚礼上会有舞狮表演？

我看了一眼老南，他痛苦地把头扭向一边，用手捂着脑门儿，显得非常抵触。

虽然我也被这阵仗惊到了，但仍有一丝理智尚存，立刻拽了拽老南的衣角，压低嗓音提醒他：“哎！哎！你别这样，挺胸！微笑！”

他正了正身子，深吸了一口气，朝我咧开嘴，让我见识到了什么叫笑比哭还难看。

其实讲句老实话，舞狮还挺好看的，而且整场婚礼下来，我和老南一致认为这是婚庆公司性价比最高的项目了，但是当时，我本能地无法接受。

闹腾一阵之后，终于可以上楼了。

摄像师说："新郎，你得背着新娘。"

老南看了看我，说："我家住五楼。"

摄像师依旧专注于摄像机，眼皮也不抬一下："不打紧，你蹲下。"

老南又看了看我，面露难色。

于是我主动举起手："不好意思，摄像老师，我 138 斤。"

摄像师歪头看了看我，然后把摄像机的小屏幕一合："那你自己走吧。"

进了家门，流程就简单很多，给公婆端茶，收红包，然后再到铺满花生、核桃、大枣的床上坐着，互相喂面条。我和老南特别喜欢这个喂面条环节，因为当时接近 8 点，正是吃早饭的好时段，在面条被吃干净之后，我们同时举起空碗问还有没有，结果被告知就准备了两小碗。

"太惨了。"我们难过得抱成一团。

接下来，公婆和宾客都能直接去酒店边等边唠嗑了，我和老南还需要继续踏上征途，到海边和张裕葡萄酒庄园拍照录像。这两处取景地在烟台赫赫有名，可以这么总结，普通游客去海边，文艺游客去张裕，"二货"游客去蓬莱阁。感谢婚庆公司，完美地为我们避开了"二货"。

不过当时正值黄金周，烟台的游客很多，我和老南都非常不喜欢在人多的地方被当成一处景观供观赏，所以整个录像过程都非常别扭，不愿意配合摄像师。

结果摄像师还来劲儿了。

“新娘，你抱着酒桶，不要那么僵硬！对对对，再扑上去一点……好！定住！”

我低头看了看自己的姿势，给它取名为：抱着酒桶上天。

老南看着我乐得直不起腰，但很快他就笑不出来了。

“新郎别笑了，你，抱住新娘的腰。身体和她一样倾斜，一条腿向后踢。”

我回头看了看他的姿势，又改名为：夫妻双双抱着酒桶上天。

之后奇形怪状的姿势还有很多，我就不一一描述了，大家可以通过我取的名字张开自己想象的翅膀：“为我们的婚礼，干杯！”“老公，你可不能再喝啦！”“媳妇儿，我们把这些草都薅回家！”“你闻，这葡萄真他妈香！”……

我被折磨得心力交瘁，随时准备发火，但老南却意外地配合，可能是不愿意在自己的大喜之日动手，要是平时，我估计按他这个粗莽的性子早就把摄像师按到地上一顿胖揍了。

终于，我们差不多该去酒店正式举行仪式了。

我拖着疲累的身体和憋屈的灵魂上了车，这回，轮到我呼呼大睡了。

（四）

到了酒店，我匆匆忙忙地补妆，然后拽着婚纱挽起老南的手准备上台。

司仪说的来来回回还是那么几句，我听着听着溜号了，要不是老南踩着节拍迈开步子，我可能还站在原地发呆。

我俩一步一步往前走，众人的视线像远红外发热光束，把我的脸颊照得发烫。走到舞台正中央，我拖着笨重的裙摆晃晃悠悠地转身，看着台下几十双眼睛，有一种被老师叫上讲台背课文的错觉。

“新娘，你愿意……”

“哎，我愿意！”我回过神，铿锵有力地回答。

“看来新娘比较着急想要嫁给新郎啊，我还没有念完词呢就抢答了。”司仪笑着说。

台下一阵哄笑。

我不好意思地抽抽嘴角，看了一眼老南，他朝我做个鬼脸，说了个词，从口形判断，应该是“傻瓜”。

确认我俩一个愿娶一个愿嫁之后，双方父母上台。

“此时此刻，应该是二位新人一生中最幸福激动的时光，其实，有四位嘉宾的心情跟你们一样幸福和激动，那就是你们的爸爸妈妈！父爱像高山大海一样包容着儿女的一切，母爱像春风细雨一般无刻不在滋润着儿女的心田，岁月可以冲淡许多记忆，但父母之爱却永远铭刻在我们心中。那丝丝白发，那道道皱纹，都是父母为养育儿女辛勤操劳的岁月痕迹。下面请这对新人拥抱自己的父母，感谢他们的养育之恩！”

之前司仪说的鬼话我基本都忘干净了，但拥抱父母这段主持词，我至今都记得特别清楚，大概是因为当时我妈哭了，我爸的鼻头也红了。我上前奉上拥抱，拍拍他们的背，轻轻说了声“谢谢”。

当他们走下台，留我和老南面对面站在舞台上的时候，老南的眼眶里也有眼泪溢出。不过铁石心肠的我并没有受他感染一同落泪，反而笑嘻嘻地回敬了一句：“傻瓜。”

倒酒，鞠躬，下台，终于走完了全部流程。我换上一件大红色的中式礼服，活蹦乱跳地入席吃饭，我实在是太饿了。

烟台最不缺的就是海鲜，这一点从我第一次来就见识到了，生蚝、扇贝是家常便饭，海参、大虾那也不叫事儿，还有梭子蟹，肥美多汁，令人印象深刻。我不顾形象地剥着虾壳、抿着蟹腿，差点连敬酒都不想去了。

2 点半左右，宾客陆续开始告辞，我穿回便服，和婆婆一起整理剩菜，老南早就喝得酩酊大醉，趴在桌上打起了鼾。

我的婚礼就这么结束了。

一切都收拾妥当之后，我坐到老南身边。看着他用额头抵着桌子不时咂巴嘴的样子，莫名其妙地哭了。

在靠近梦想的路上，每一步都很酷

Part 04

A
S
W

（一）

我和老南是同一届毕业，毕业之后，我经朋友推荐先去了一家游戏公司做策划，他则顺利地在校园招聘的时候被上海一家国企录用。

我们终于结束了异地恋。

我的父母思想还算开明，但做派保守，哪怕我和老南已经认定彼此是婚配对象，他们依旧认为没出嫁的闺女不应该和男朋友草率同居。

于是，他们给老南租了一个三十平方米的一居室，他就这样在上海有了第一个家。

但我们还是穷。

虽然老南是名牌大学毕业，但国企的起步工资并不高，我就更别提了，二流大学，手无证书，特长栏里唯一能写的就是“脸特长”，能够不用自己找工作已经格外不容易了。

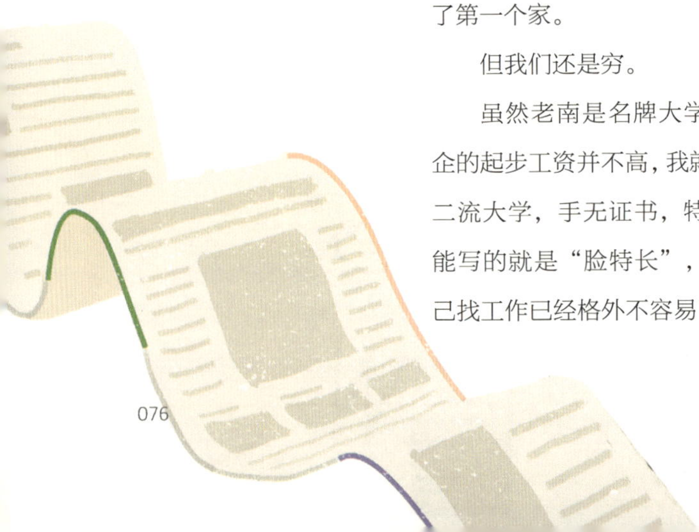

当时我的工资，到手价两千五百元。

我这人有个最大的优点，就是容易满足。回想起当初异地恋为了攒出一张火车票每天喝白粥的日子，每个月能有两千五百元实在是太好了。

而且小型的游戏公司，氛围基本上都是相对轻松的，特别是我们这群不用参与决策的工作链的底端，几乎每天都是说说笑笑的。

而且游戏公司还有一个好处，就是手上没活的时候可以放心大胆地玩游戏，美其名曰“通过体验别的游戏进行学习，从而更好地优化自己的游戏”。

当时最流行的游戏是《英雄联盟》，每天午休以及下班之后，我们都会在巨神峰组队，疯狂拆塔厮杀。

“老爷子你又猫草丛里！”

“说多少次了，辅助插眼，插眼，插眼！脑子呢！”

“能不能等人到齐了再冲啊，啊？”

我们部门为此被投诉了不少次，罪名是：“声音太大，语气太激动，搞得人心痒难耐想一起加入，但手头上的事还没做完，令人生气。”

“你就想在这家公司这么混一辈子啊。”老南总是这么问我，他并不看好这家游戏公司的前景。

“哎哟，肯定不会在这儿干一辈子，但现在待着还不错嘛。”

我打着马虎眼。

“本来进去的时候说每个季度会发奖金，也没有吧？”

“那是针对项目上线之后的员工，我们部门的游戏不是刚开始做吗！”

“说半年之后会涨薪，涨了吗？”

我开始后悔当初跟老南说那么多了，只能无力地替公司辩解：“哎呀，你看我进去到现在，什么游戏都没做出来呢，也没有给公司创什么业绩，给我加钱肯定是有点难的……”

“算了。”老南叹了口气，“你自己觉得开心就好，我只是觉得你对未来没什么计划性，其实你有更适合也更喜欢做的事情，我知道的。”

梦想导师老南的话总是像巴掌一样拍打着我的心，我心里当然明白，他每次的咄咄逼人不是为了让我大力挣钱，也不是想要数落我的无能，他当然愿意看到我每天开开心心没压力没烦恼的样子，但他更希望我能达成自己的某个目标，完成一直以来想做的事情，而不是拿着两千多元钱，每天在公司打打游戏乐和乐和就这么把日子混没了。

可我这个人，太容易安于现状了，也特别懒，很像被放在温水里煮的青蛙，就算知道最后的结果可能不那么好，还是会选择得过且过，好一天是一天的。

然而，最后的结果还真的不太好，我们的游戏黄了。

公司高层开了一次会，终止了我们的游戏制作。

“已经在内测了，怎么说不让做就不让做了？”我不甘心地问同事。

他们在这行少说也都干了两三年了，似乎并没有对此感到意外，只是云淡风轻地说：“正常，老板改主意了，咱们的活就白干了。”

我大概是把沮丧表现得很明显，他们又安慰道：“哎呀，也不是白干，工资不是一分没少吗，习惯就好了。”

工作归根结底是为了钱，为了糊口，为了有饭吃，我当然明白这个道理，但看到自己满心期待的作品付诸东流，我依旧没有办法接受。

接下来的打击，是我们部门解散了。有人被开除了，有人主动离职了，还有人和我一样，像一枚弃子，被分门别类地扔进其他部门。

我不惧新环境，但是一年来，我和过去的老同事们已经产生了无法割舍的默契和感情。

最后一次部门的聚餐，我喝大了，不争气地落泪了。

“你这孩子，我们又不是壮烈牺牲了，还在一个公司，还在一个城市，还在一个中国，有什么的。”

我讲不出一句反驳的话，但这些眼泪的含义太复杂了，工作成果胎死腹中，可爱的同事各奔东西，还有就是，对初入社会的自己极大地失望。

过完年，我拿着 390 元钱的年终奖请尚在公司的各位同事撸了一顿串儿，然后递交了辞职报告。

（二）

第二份工作，我转行去了一个教育机构做编辑。

这份工作是大三实习时遇到的漂亮姐姐介绍的，我叫她桃子。

桃子已经入职半年了，非常缺人手，问我想不想去帮她的忙，工资不能说高，但好歹比第一份工作强不少。

大概是异地恋的悲苦生涯让我穷怕了，我没办法忍受一天天没有钱挣的日子，于是想也没想，便欣然接受了这份工作。

这其实是一个中小学生课外活动的平台，主要是给孩子们介绍形形色色的假期去处，而我每天的任务，是在网站后台根据既有的资料编辑活动介绍和发布新闻稿。

起初的工作确实轻松愉快，桃子也一直在尽力帮助我。但很快，附加题还是来了，线下活动运营摊到我的头上。

这就叫我头大了。

双休日全部被占用不说，我还必须时不时地面对小孩子和他们的家长。

拜托，我自己也是个孩子好不好！

要是打退堂鼓，桃子会非常难做。我不爱给别人制造麻烦，只能不停安慰自己“不就是一群小屁孩吗”，硬着头皮上。

结果第一个周末活动，我就伤心到变种。

我带着一群小学生去活动中心做黏土，一开始，大家都认真地低头摆弄，可正当我坐在角落里昏昏欲睡的时候，一声凄厉的尖叫让我瞬间清醒，一个小女孩踩在椅子上一手叉腰一手指着邻座的小男孩大叫：“曹 ××，我要揍你！”

从那小子做的鬼脸来看，他一定不是什么乖巧的主儿。果不其然，他朝女孩吐出舌头，然后拿起手里的黏土，噘着嘴说：“就是你！就是你！”

那模样确实挺欠揍的。

原本正在勤恳苦干的其他孩子一看好戏要开始了，都纷纷撂挑子，切换到了吃瓜模式。连教黏土的老师也饶有兴致地摘下老花眼镜，笑眯眯地看着这对童男童女。

我一跃而起，赶紧走到小女孩旁边扶住她的肩：“小朋友，你先下来，先下来好不好？”

小女孩不依不饶：“我不！我要曹 ×× 给我道歉！”

“他做什么了？”

“他说他捏的是我！”小女孩声嘶力竭，恼得非常明显。

我扭头往小男孩的手心看了一眼，嗯，这小子确实是个抽象派。

“那……那你道个歉呗。”我也不知道该怎么办，只能苍白无力地进行劝说。

“我捏得多像呀。”小男孩眯缝着眼睛，咧开嘴露出厚厚的牙肉，笑得非常狡黠。

“我哪里有那么丑！”小女孩凶猛地跺了跺脚，椅子委屈得“嘎吱”直响。

我立刻拽住她的手：“小朋友，是这样的！做黏土这个事情呢，比较难掌握，他的初衷是好的，就是想和你交朋友，给你做个肖像……”

“没有，我不想和她做朋友。”背后的小滑头好死不死地补了一刀，把我脸都抽烂了。

我重重地叹了口气：“那你好好的干吗照着她捏黏土？”

“她长得好玩儿。”

“哗！”哄堂大笑。

我下意识地握紧小女孩的手，生怕她又在椅子上做出什么高难度动作。我感觉到她的身体正在不自觉地发抖，看来愤怒已经达到了峰值。

“不准笑！”我提高嗓门咆哮一声，房间里一下子安静下来。

我像个全景相机一样慢慢转动脖子，神情肃杀地环视这群小崽子，然后把焦距对准小姑娘，刚想安慰两句，没想到她先指着我开了腔："这个老师长得比我还好玩儿，你干吗不对着她捏？"

我还没反应过来，全场又是一顿笑。

……关我啥事啊？

得，再这么下去，指不定我还要受到多少莫名其妙的攻击呢，这调解员看来是当不成了，我干脆把脸一板，声音一压："你下来。"

变脸速度之快，令所有人咋舌，小女孩的气势一下子弱了，一声不吭地回到地面。

原本还在看热闹的老师终于回过神来务起了正业，她重新架起眼镜，拍拍手简短地号召一下："来来来，大家继续做，一会儿我来点评！"

偶尔几声窃窃私语之后，气氛又回到了最初，我把小男孩领到一边，和他肩并肩坐下来。

"绅士是不会对女士这么无礼的。"我歪着头看他，小声地说。

这小子依旧是一副嬉皮笑脸的样子，两条腿不停地来回晃动。

我突然意识到什么，笑了："其实你想和她做朋友，对吗？"

他抿起嘴摇摇头，把下巴埋进衣领。

小鬼，别装了！老姨我看穿你了！

"表达喜欢的方式有很多种，你去招惹人家，也是其中一种，但是这样容易被误解。”我也晃起了腿，“你明明想和她多说说话，但是这样一搞，她会讨厌你，以后啊，一看到你就烦、就躲。你愿意这样吗？”

他眨了眨眼睛，垂着嘴角没有吱声。

“要是喜欢她，想和她交朋友，那就大大方方地示好嘛……”

“老师，你话好多。”他把我的话打断，调皮地笑了笑，“我能回座位了吗？”

臭小子！

“回去吧。”我的话音刚落，他就一溜烟窜回了座位。

我跷起二郎腿，手撑着脑袋看那个孩子，他低着头摆弄了一会儿土，然后把新作品往小姑娘面前一推，换来的是手臂上的重重一掌。他龇牙咧嘴地揉揉手臂，又没心没肺地露出厚厚的牙肉。

真好啊。我心里一甜，不自觉地露出了笑意。

结果周一，总监就找我谈话了。

“好几个家长投诉你，说你对他们家的孩子凶了。怎么一回事啊？”

我战战兢兢地把事情从头到尾叙述了一遍，当然啦，隐瞒了自己和那个小男孩的谈话。

总监年龄不大，但是看上去特别一本正经。他用手指夹着钢笔，往桌上戳了几下：“小孩子叫你老师，你就真当自己是老师啦？”

“我……没有。”

“你也知道现在的孩子都猴精猴精的，主意大，事情多，带孩子的基本都是老人，隔了一辈，宠得不得了，所以你的态度很重要。”

我不住地点头。

“我们归根结底就是个网络平台，别把他们当学生，要把他们当成客户。你刚来没多久，这次就当个教训，下次注意。”

什么玩意儿。关上总监办公室的门，我眼珠子一转，龇了龇牙。

从这以后，我愈加不愿意在这份工作里走心了。且不说事情越干越多，越做越杂，光是家长和孩子就足够让我头疼了。

不过这儿倒也给我不小的收获，和小孩子以及他们父母的交道打得多了，就越来越清楚自己以后要当个什么样的家长。有的孩子刁钻、任性，缺乏契约精神，一副天上地下唯我独尊的样子，完全就可以料想到家长平时对他们是何等宠出天际；有的孩子胆小怯懦，说话声音轻轻的，严重缺乏安全感，后来一瞧这家长，果真把孩子当作一个附属品，非但不给予尊重，还总是灌输“我供你吃、供你穿，所以我说什么你就得干什么”的扭曲思想。当然，蓬勃、健康、有家教的孩子也不少，他们的家长通常都彬彬有礼，在和孩子的互动中充满爱和平等。

孩子的情绪和表现，真的是父母的镜子啊。

勉强撑了近一年，我还是决定离职。千奇百怪的投诉点让我不知所措，原来没有笑容缺少活力都会成为被诟病的理由啊，那么除了离开我也没有别的办法。

在这个节骨眼上，一个叫“爱烟”的网红找到了我。

（三）

其实我和爱烟很早就互相关注了，她的文字风格泼辣犀利，像个十足的大女人。我在强势的人面前总是会惴惴不安，显得格外㞞，所以一直没敢跟她吭气儿，我们俩只是默默欣赏着彼此的生活感受。

看到她的头像跳动，我的第一反应是她被盗号了，没想到点开一看竟然是她本人。

“阿瑞，你好呀！关注你那么久，还没说上几句话呢！”

“烟姐好，你找我聊天，我真是受宠若惊！”

“其实也不光是聊天啦，看你最近有换工作的打算？”

“唉，是啊，怎么了？”

“想不想来奥美？”

当时的我可以说基本没见过什么世面，对于这个世界上数一数二的广告公司非常陌生，还特别丢人地把它和“奥康”混淆了，以为是个鞋厂。

我又不会做鞋，也当不了人事和财务，想来想去只能是去做销售吧：“那个，烟姐，我可能干不了销售这行，嘴笨。”

“销售？广告公司哪里来的销售？”

我这才意识到应该先查清楚再说话，我慌忙搜了搜奥美，点进官网之后，被闪瞎了。

还是个外企，好牛啊。

震惊的时间太久，忘了回复，那头又来了消息：“是去做文案，怎么样，愿意吗？”

我想起自己曾经对老南说过的梦想：喜欢写东西，想以后靠文字吃饭，写点好玩儿的，写点不一样的，写点让人开心的，能借此让别人知道我是个什么样的人，借此遇到投缘的朋友，借此让自己越来越好。

“我愿意。”

于是在爱烟的推荐下，我很顺利地被安排了一场面试。

“Good afternoon，everyone. My name is...（大家，下午好。我的名字叫……）”一直到踏进奥美之前，我口中还一直念念有词地准备着英语的自我介绍。

紧张，不安，心里特别没底。

算了，听天命吧。

我做了几个深呼吸，心一横，拉开面试房间的门，一男一女已经在屋里就座了。

“Sorry 婆？”我还在趁着关门的间隙偷偷调整面部表情呢，男人突然叫起了我的网名。

我僵硬地转过身挤出一个笑容，踩着小碎步快速拉开椅子坐下：“嘿……嘿，是我。”

“我先介绍一下自己，我是 Social@Ogilvy 的总监索尼克，我旁边这位是组长，米哑。”

索尼克不是世嘉的那个刺猬吗。我朝游戏溜号了两秒，傻憨憨地点头致意：“你们好。”

“那简单介绍一下自己吧。”

“用中文还是英文？”

“哟，还准备了英文呢？”

“准备了，但现在全忘了。”

对面的俩人“扑哧”笑了出来：“没关系，我们英语都不好。”

那我就放心了。

气氛一下子变得非常不严肃，我的话也不自觉多了起来，屌丝本质一览无余。

“上一份工作啊，哎哟，又当编辑又当运营还得帮领导做 PPT，周末更惨，带着一帮熊孩子去玩儿，完了像个母鸡一样张着翅膀护着，还不能发火。”

“你知道我为什么招你吗？”索尼克笑了两声，转而一本正经起来。

“肯定不是因为长相。”我答。

他没有理会我抛出去的梗，继续认真地说：“我知道你在网上有点名气，甄嬛体是你写的，对吧？”

“是我。”

“我需要你们这样的人。”

我知道下面要进入“好好说话”的阶段了，便收敛起笑容，把腿并拢，挺直身板。

“我们做 Social，主要的投放平台就是微博，过去我招了很多文案，但是都不够有网感，于是我想，为什么不能直接招一些在网上玩儿得转的人呢，比如你。”

明白了，原来我能获得进奥美的机会，最应该感谢的是互联网时代。

看来以后可以在简历的特长栏里写下“在网上玩得溜”了。

（四）

就这样，我顺利入职奥美。

对于这份工作，我的态度有着一系列微妙的变化：起初，心怀敬畏，毕竟它名声在外，做出过不少厉害的广告；前期，莫名自信，创意频频被买，一稿过连续combo，让我有些飘飘然，认为自己天赋异禀，又或者，广告文案不过如此；中期，垂头丧气，发现先前的顺利只是因为风格恰巧对味，换完一拨客户之后，终日都要被质疑、被否定，改个七八稿已成常态；后期，回归平衡，知道自己不牛，但也没那么不堪，在大神辈出的广告界，我十足渺小，但我有我的怪诞思路，有别人闪现不出的灵光。

但无论何时，我都不否认我喜欢广告这行。

因为好玩，因为具有创造力，因为符合我这个双子座的调性。

尽管这个行业每天加班很凶，晚上11点离开工位是家常便饭，但那又如何呢，我不是个恋家的人，和同事一起喝喝酒聊聊天做做事情反而是种享受，特别开心。

曾经在部门的微信里写过这么一篇文章，名叫《记一次广告狗与其老公之间的严肃谈话》，现在翻出来看还觉得挺有意思：

自从媳妇儿干了广告这行，嘿，你还真别说，睡眠少了，胃口大了，越来越胖了，爬五楼，费老劲了！——老南

老南是我的配偶，一个说话超贱、损人不带重样的北方小伙儿。和这样的人一起过日子，常常会发生以下对话：

老南：媳妇儿你笑起来真美，像尹相杰。

我：？

老南：媳妇儿你今天做的菜不错，我现在还活得好好的。

我：……

上一份工作给我带来太多的负能量，导致我每天回家都没好气、骂骂咧咧的。而自从来到这个节操被吃光、下限找不到、完全符合我调性的地方，我每天都挺乐和的。老南自然瞅在眼里喜在心里，但好景不长，他很快就发现了这一份工作的弊端——回家太晚，于是他就开始不乐意了，我们进行了一次谈话：

老南：你怎么老回来这么晚？

我：我要干活儿啊！

老南：怎么每天都有那么多活儿？

我：因为我有才华啊。

老南：还谈不谈了？

我：因为案子要反复改啦！拿人钱财，服务到家嘛！

老南：可是晚回家多不好，地铁站回来的那条路黑灯瞎火的……

我：不要担心，我能把色狼制伏！

老南：倒没有担心这个。

我：那你废什么话！

老南：你都踩几回屎了，一到家就臭烘烘的。

我：还谈不谈了？

老南：其实是怕你被卖到山里去，给熊瞎子当媳妇儿。

我：我现在就在给熊瞎子当媳妇儿。

老南：还谈不谈了？

老南：山里人就喜欢你这样壮实的，看起来会干活、能下田。

我：我还会吟诗，简直是能文能武。

老南：就是长得砢碜了点儿。

我：还谈不谈了？

老南：所以你老这么晚回家，我当然不乐意了。

我：你可以来接我，然后我们一起去吃个夜宵。

老南：长得和夜宵似的。

我：吃夜宵怎么了？我要胖五斤你就不爱我了？

老南：爱爱爱。

我：那我要是胖十斤呢？

老南：爱爱爱。

我：二十斤？

老南：你可要点儿脸吧，我说。

最后我们达成一致，要是晚了他来接我。可惜的是，夜宵的方案被无情枪毙了。

俗话说，千金难买爷高兴。这一份工作我真干得很开心，老南当然也看在眼里。所以他说归说，唠叨归唠叨，但总体上还是很支持我。

对了，自打他来地铁站接我之后，我们就一起踩起了屎，于是，我们将这条路命名为“屎路一条”。

Part 05

那些和可爱汪星人有关的事

（一）

在把南小歪领回家之前，我和老南就养什么狗争论了很久。

“罗威纳，黑社会老大的狗，适合我这种霸气外露的男人。”老南搜了搜罗威纳的图片，然后捧起电脑把显示屏朝向我，“你看，就是这种，肥头大耳、壮硕俊朗。”

“我知道罗威纳长什么样子。”我不理会他的殷勤介绍，埋头看着手机，手指不停地上下拨弄，然后同样把屏幕对准他，“但我比较喜欢巴哥。”

“八哥？你想养鸟啊？”

“滚滚滚……我说的是巴哥犬，就是那个永远不是很高兴的狗。”

“哦，它呀。”老南抬头看了一眼，“确实不太高兴，不过你想想，我们每天上班都够累的了，一回家还要看到一个垂头丧气的家伙，图什么啊？”

“丧才可爱啊，你看看那个小眼神。”

我们为此争论了一个星期，谁也不肯退步，于是打算抽个周六去狗市看看，具体了解一下。

狗市入口的第一家店门口就关着条罗威纳，它看上去没什么精神，脸上的肉松松垮垮，正懒洋洋地趴在笼子里。虽然狗市人来车往还算热闹，但它好像早就习惯了，不管谁路过，眼皮都懒得抬一下。

我们凑近看了看，老南还傻兮兮地朝它挥挥手打了个招呼，但此狗根本不想搭理他。

“两位，是想买狗吗？”老板从屋里走了出来。

“对，有这意向，来看看，了解了解。”

“想要什么狗？”

我和老南对视一眼，我扬了扬头，示意他先说。

“那个，罗威纳有吗？”

“有，当然有。这不门口就有一条吗，不过这条不卖。”老板蹲下，把手伸进笼子，狗极不情愿地舔了舔他的指头。

“哟，看来这是您自己的狗了？”

“对，我的狗，以前可是参加比赛的……两位请进。”老板把我们迎进门，“你们看，这墙上挂着的奖状，还有这些照片，都是它的。”

照片上的狗，毛色油亮，威风凛凛，别说，牵这么一条狗出门还真是挺神气的。

“现在年龄大了，没以前那么精神了，整天懒懒的。”老板怕我们不相信，又解释了一通。

“你瞧，帅气吧，养这么条狗在家，我看还有哪个小偷敢来。”老南小声又兴奋地对我耳语。

“我觉得未免也太大了，虽然我们家有院子，但是……就，真的很大。”除了大，我一时找不到什么别的形容词。

“大怕什么！”老南拉着我又来到门口，指着笼子里的罗威纳说，“看看，多漂亮！”

与此同时，狗站起来，撅起屁股伸了个懒腰，然后跷起一条腿，对着老南所站的位置撒起了尿。

我立刻拽着老南后退，然后兴致勃勃地看狗尿尿。

这泡尿简直像是尿了一个世纪那么长。

老南看了看地上小池塘般的一摊水，深吸口气，扭头向老板告辞：“谢谢，我们再看看别家，再见。”然后勾着我目不斜视，以竞走的速度逃离了现场往狗市深处走去。

走了五六家店面，我们停下步子。他回头看了看，然后无奈地承认了自己的判断失误："不养罗威纳了，不养了，太能尿了，我的妈呀！"

"那咱们看看巴哥去？"我看到转机，立刻提议。

"行吧，既然你那么喜欢，不妨去看看。"

我们漫无目的地逛了逛，走进一家门口挂着"主营巴哥"招牌的店。

店主好像在接待另外两个客人，于是我们先随意看了一会儿。店里有一窝新出生的巴哥，每一只都瞪着一双无辜饱满的眼睛，我隔着笼子逗弄了一会儿，各种喜欢，老南也盯着看了半天，慢慢接受了这种丑萌，觉得它们可爱了起来。

我们又向里面走了走，结果无意中听到了店主和那两位客人的对话：

"你敢拍胸脯保证狗没问题吗？"

"绝对是自己家里养的，不信去医院检查，要是有狗瘟或者别的蹊跷，你来把我店砸了，我保证不吭声。"

"那为什么才一个星期就开始拉肚子呢？"

"小狗本来就容易着凉，拉肚子也不能证明狗有问题啊！"

"问题是这狗拉起肚子来也太吓人了，别的狗都是朝下使劲，它倒好，往墙上喷，白花花的墙，全是屎点子，这谁受得了。"

我看了老南一眼，他一脸“岳云鹏——天哪，这么神奇吗.jpg”，似笑非笑，又带点扬扬得意。

“走吧。”我扯了扯他的袖子。

“看来咱喜欢的狗在排泄上的实力不分伯仲嘛，一个侧重容量，一个侧重花样。”我们走出店面后，老南贱兮兮地来了这么一句。

“那只巴哥只是个例，但你的罗威纳是常态。”我不示弱地反驳。

“反正我是不敢担着家里墙面被喷屎的风险，新装修好的家哎。”

“……知道了，不买巴哥就是了。”我又回头看了一眼店里的巴哥，悻悻地说。

我们俩一下子都失去了目标，也没什么心思继续看狗了，决定先回家再从长计议。

去掉两个答案后，新一轮辩论赛开始：

“干脆养德牧，克雾酷！”老南依旧主张看上去带点凶悍的狗。

“养了德牧之后，谁还敢来我们家做客啊！”我反对。

“不来就不来，特别是亲戚，最好别来。”

“啧！你要知道，虽然德牧聪明听话，但是长得太凶，不懂狗的人肯定害怕。到时候麻烦事就多了，万一邻里之间有人举报它，又或者路上遛狗的时候有孩子因为害怕主动攻击它，怎么办？”

“……我看你未免也想太多了。”他嘴上虽然这么说，但从表情上来看，还是动摇了，“那你说说看，你想养什么？”

“法国斗牛。”

“我说你怎么净喜欢这种眼睛鼻子挤一块儿的东西呢。”

“对啊，要不怎么能看上你呢？”

老南朝我做个鬼脸，又眼神游离地琢磨了一会儿，说：“你还记不记得我们去日本经过的宠物店，里面有个法斗。”

“记得，真是太萌了！”

“看了上面的标价没有？”

“那没有……”我摇摇头。

“我看了，八十万日元。”

“折合人民币是……？”

“大概五万。”

“五万？！”我惊得半晌合不拢嘴。

“对，所以我劝你别想法斗这事了。”老南嘚瑟地晃晃脑袋。

“没准……没准我们看到的那只是个赛级犬的后代，特别贵呢。而且日本物价本来就贵，这你承认吧？”我不信邪，拿起手机搜起了法斗的价格，“嗯……哎，还是算了。”

“多少钱？”

“看了一圈，最便宜的也要一万，品相还不怎么好。”

这下又去掉了两个选项。

“我看咱们这样吧，查一查狗的智商排行，然后从上到下一个个看，我觉得咱养狗还是应该以聪明的为主。我烟台家里养的那只小鹿犬你也见过，要多蠢有多蠢。”

我想想那只光定点尿尿就教了两个月的狗，点点头，说：“妥。”

于是，我们研究起了狗的智商。

“智商第一的是边牧。”我看着屏幕嘴里念叨。

“太吵了，而且由于过分聪明，非常喜欢玩心眼。我朋友家的边牧会自己开笼子的门，把家里造得一塌糊涂之后，回笼子自己又给锁上了，装得跟没事儿狗一样。”

“狗精！那我们看看排第二的，贵宾，也就是泰迪了？”

“不，不养泰迪。”老南的表情黯淡下来。

我意识到自己说错话了。

两年前，也就是老南刚来上海的时候，我们养过一只泰迪，它是在我们经过宠物店时无意看到并且一眼就喜欢上的，于是我们欢天喜地把它买回家，取名花卷。

花卷很乖巧，也特别聪明，不管教它什么都学得非常快。

然而它离开得也很快。

短短两周的时间，它从活蹦乱跳变得连路都走不了，在医院被确诊为狗瘟。

我至今记得老南抱着花卷尸体痛哭的场面，一个大男人，丝毫不加掩饰地号啕大哭，怀里的狗脏兮兮的，早已没有了蓬松柔软的毛发，只剩一副瘦得皮包骨头的躯体。

一想到那个画面，我的眼睛就会瞬间湿润。

我理应规避“泰迪”这个字眼，因为知道今后都不会再养泰迪了。在我们心里，没有比花卷更好的泰迪。

“那接着看，接着看。”我立刻重整旗鼓，迅速翻篇儿，“第三是德牧，已经否决了，第四是金毛。”

“金毛不错，不过掉毛应该很严重吧？”老南犹豫地说。

“倒也是，那先接着往下看。杜宾……杜宾看着也很凶，直接pass……喜乐蒂？”

“也是长毛狗，一样掉毛。”老南疯狂地摇头。

“好吧……然后是……拉布拉多？这个不错。”我想起初中时期还买过一本书，叫《再见了，可鲁》，讲的就是一只拉布拉多的一生。

“导盲犬专业户，智商肯定没问题。”老南慢悠悠地分析起来，“毛发短，所以掉毛情况应该还好。”

请注意，这是我们犯的第一个错误。

“我也觉得，最主要的是，能当导盲犬的狗，一定乖巧懂事。”

这是第二个错误，这个错误相对来说比较严重。

“哎，你看你看，上面还说了，拉布拉多是美国最流行的家庭伴侣犬，它们个性忠诚、大气、憨厚、温和、阳光、开朗、活泼……”

“行了行了，可以了可以了，我看哪，就它了！”老南就此拍板。

亘古以来，不经过再三查证就仓促决定的事情往往容易出幺蛾子。我和老南被兴奋包裹着，头脑一热，当即联系一个靠谱的狗舍，打算第二天就把狗领回家。

（二）

狗舍位于一处居民楼内。我们走进屋，很快就看到了一窝拉布拉多，一共有六只，巧克力色的两只、黄色的四只。它们的笼子被放在一个暖风机旁，原本相互依偎着蹭来蹭去，看到我们靠近，便一个个扒着笼子站起来，尖尖的小尾巴摇得飞快。

老板为了方便我们挑选，打开笼子，小家伙们像听到了下课铃声一样，一窝蜂地涌出来。老板说它们已经两个月了，但后来我和老南分析了一下，觉得最多也就一个月，因为它们把握不好重心，走起路来跌跌撞撞的，常常走着走着就向下一冲，脸重重地砸向了地面。

“抓紧时间看看吧，看看喜欢哪个。”老板蹲在地上拦着这群小疯子，把那几只撒了欢儿跑老远的一个个提溜回来。

我和老南的脚边也围了几只，幸福得头顶都快冒起爱心泡泡了，摸摸这个，撸撸那个，一时难下抉择。

“想要什么颜色的？”老板抬起头问。

“嗯……黄色吧。”

“那，要不你们就买这个吧。”老板托起一只小小的拉布拉多，“这窝只有两只母的，另一只昨天被买走了，现在就剩下这一只了，正好是黄色的。”

我小心翼翼地从老板手中接过这只小小狗，扶扶它的脑袋，它对我的手报以热恋般一顿舔。

“老板，公的母的价格一样吗？”老南也笑盈盈地摸了摸我怀里的狗，然后跟老板询问起来。

“按理说母的贵一点，一方面，能生育；另一方面，母狗普遍乖，比公狗更听话。”老板答。

当时，这句话让我特别走心，加上这只狗头大骨架宽，品相还不错，于是我没有多想，爽快地付了钱。不过时至今日，如果再让我见到这个老板，我一定会冲到他面前大声地告诉他——“你这个大骗子！”

（三）

给狗做了一下常规检查，确定它完全健康之后，我和老南打车把它带回家。

一路上它都呜呜地发出低吼，在我怀里不老实地扑腾。

“可能是晕车了。”老南尝试安抚它，但并没有起到什么作用。

狗依旧不安地上蹿下跳，突然，它用爪子钩住了我的领口，然后硬着脖子就想把头往里凑。我有种不祥的预感，双手以最快的速度把着它的小身躯把它架出来，它咳了两下，“嗷”地一张嘴，吐了我一身。

“它刚才竟然想吐到我衣服里！”我大呼。

“可能是怕你没带纸巾，吐到衣服里就不用擦了。”老南似乎已经意识到此狗的过人之处。

好在已经离家不远了。

下车之后，狗的精神头又上来了，不停地用尾巴击打着我的手臂。我想起狗舍老板嘱咐过要注意小狗的保暖，就把狗递给老南，让他塞进大衣。

“嗨，从现在开始，这里就是你的新家啦。”打开家门，老南低头朝着自己热乎乎的胸膛打了个招呼，然后轻轻地把狗放下。

它摇摇身体，抖擞了一下毛，然后像个领导似的踱来踱去，开始进行视察。虽然它的视线范围只够看到鞋子和桌角，但这一局限丝毫没有影响它的兴致。

我和老南蹲下注视着它的一举一动，都不自觉地笑了起来。

“你说，给它取个什么名字好呢？”我问。

老南一时也没有头绪，他挠着头想了一会儿：“小芳？”

“你能不能认真一点？”

“我也没不认真啊！”老南委屈地说，“来福、旺财太烂大街了，铁根、建国又不适合女孩子……”

老南说话声音一大，刚才还在欢天喜地开地图的狗就跑过来，歪着头认真地听起了他的发言。

“哎哎哎，你看，它把头歪着的样子真好玩儿。”说完，老南一愣，“歪……叫小歪怎么样？”

“总觉得这不是什么好字，歪七扭八……东倒西歪……”我提出质疑。

“那你也可以理解成小 Y，yellow 的意思。”

“我还是觉得……”

“哎呀，就这么定了，狗和人一样，越粗糙的名字越好养活。”老南不接受反驳，擅自做了决定。

“好吧，那……”我把狗抱起来，“小歪，你好呀，欢迎来到新家。”

小歪一脸蒙圈。

“也许是困了，让它睡觉吧。”老南说。

但这个时候我们才发现我们准备得非常不充分，除了老板送的狗粮，别的什么都没有。小狗需要保暖，不能放任它睡在冰凉的地板上，把它搁床上又怕我和老南一翻身给它压够呛，于是我在衣橱里扒拉了半天，找出一件老南的破烂睡袍，就民国暴发户特爱穿的那种华丽款，暂时作为它的小窝。又不知道从哪儿挖出一个之前在娃娃机里抓到的小熊娃娃放在了它的“小窝”上，作为送给它的第一份礼物。

那天晚上，它依偎在小熊娃娃旁边香甜地进入了梦乡。

小歪确实极其聪明,而且不用教就知道不能在房间里拉屎拉尿，每次着急的时候都会拱一拱天井的移门，待我们开门之后呼哧呼哧地跑出去，然后闻着地面转悠半天，一蹲，一尿。

我们真是挑了一只好狗啊！当时，我和老南天真地想。

六个月之前，小歪确实可以用“乖”来形容。在这一段短暂的时光里，它让我和老南享受到一种无忧无虑的天伦之乐。

六个月之后，一切开始慢慢改变了。

先从叫醒服务说起。

原来，早晨小歪会轻舔我的手并且发出撒娇的声音以此来叫醒我。后来，它直接蹦上床尾，把我的身体当作 T 台，一步一步把我踩醒。

然后是掉毛。

小狗小的时候基本上都不怎么掉毛，但成长之后，我家的地板每天都遭受暴雨梨花针般的毒害。

短毛狗掉毛比长毛狗可怕多了！

这就好比是黑长直与板寸头的关系，黑长直的头发虽然长，但是柔顺，掉在衣服上拍一拍就下来了。板寸可不得了，虽然短，但根根扎人，而且它们的毛不是掉到衣服上的，而是插进衣服里的，非但拍打不下来，用黏纸滚筒都基本无效，只能靠拔。

而且小歪一年掉毛两次，一次掉毛半年，每天晚上，我基本都捧着衣服拔毛。啊，烛光里的妈妈。

接着是破坏程度。

原先它几乎没有什么破坏力，因为牙没长好还是幼年体格，很多东西咬不坏，很多东西够不着；六个月之后呢，它的身体飞一般发酵，每天都跟苹果手机一样 bigger than bigger，牙口也变得特别好，给它买的咬胶玩偶尖叫鸡不出十分钟就会头尾分离，死相惨不忍睹。

于是，很自然地，在玩具上过不了瘾的它把目光转向了家里无辜的家具和物件，迄今为止的受害者包括沙发、墙壁、桌子、椅子、靠垫、垃圾桶、洗衣机软管等等。

我和老南都要上班，虽然上下班的点他早我晚算是有个时间差，不过小歪总还是要在家经历一段对它来说并不短暂的孤单时光，本来就足够顽皮了，要是再加上分离焦虑症，它就更加毁物不倦了。

小歪成长过程中的 BGM（Background music，背景音乐），应该是这样的：“我小时候，吵闹任性的时候，我的爸妈，总是拿刀砍我。”因为我和老南除了揍它，别无他法。

“要不买个笼子吧，家里地方小，但可以放在天井。”我提议，“我几个养狗的朋友都是笼养的。”

“我觉得不太好，让它窝在那么小的一块地方，也没什么事情可以做。”老南并不支持。

“可以给它买点玩具、骨头放里面。”我不死心，继续争取。

“不，那也很惨，你想想，你要是被关在一个豆腐块儿大小的地方，只给你一台游戏机、一些小零食……唉，那倒还挺好的。”

“对吧！”

“不不不，狗不一样，这个假设不成立。我反对关笼子，这个没商量。”

我心知肚明，老南是个心很软但性子很倔的人，他心疼狗，又完全接纳不了我的意见，于是我不再多说什么，只是暗自祈祷小歪能够快点开窍，早些懂事。

但这显然是奢望。

由于老南下班早，所以往往都是他先目睹到家中的惨状。每天5点半，我都会在办公室里战战兢兢地等着他发来的消息，看到屏幕上显示“老南：（图片）”的时候，知道基本又会是一场灾难。

“你不能总是放任它这样。”我忍了好几天，终于受不了了，和老南进行了一次严肃的谈话。

“你还是坚持要买个笼子吗？”

“不然你有更好的办法吗？”

“你给我点时间。”

当晚，老南一夜没睡，下载了关于驯狗的各种电子书，逛遍了论坛经验帖，本着“再苦不能苦孩子”的精神，头悬梁，锥刺股。

第二天，他肿着眼泡兴高采烈地说：“我研究了一个晚上之后，于今天凌晨……”

“于家中去世，享年27岁。”我抢答。

“滚！”

“你下次能不能早点睡，通宵很伤身体的，知不知道？”

“哎呀，知道了知道了，你听我说完，就是呢，我买了点东西。”老南不耐烦地应着，然后对着手机，看着“待发货”一栏逐一念道，“抗抑郁磨牙狗玩具、狗狗玩具球、漏食不倒翁、泰迪金毛宠物、益智玩具、抗焦虑抑郁、驯狗必备训练器、狗狗用品响片……”

“行了行了，简而言之，就是你买了玩具还有训练响片呗。”

我总结道。

“这可不是一般的玩具，是‘抗抑郁’玩具。”他着重强调了“抗抑郁”三个字，“因为里面可以掉吃的下来，所以狗很爱玩儿。”

一听到“吃的”这两个字，原本还侧躺在地上晒太阳的小歪立刻起身，屁颠屁颠地走到我们脚边，眼神闪烁。

“你看看。”老南得意地说，“用吃的来减缓分离焦虑，靠谱，没毛病。”

“总有玩儿厌的时候吧？”

“咱们零食种类尽量多放点，你看我还买了很多零食。”他划拉了一下手机屏幕，看了我一眼，怕我不认同，又补充道，“比方说，一个抓娃娃机里有芝士蛋糕、冰激凌、四川火锅、三文鱼刺身、海胆、豚骨拉面……”

“啥玩意儿啊，这不都串味儿了吗。”我想象一下画面。

“哎呀，就打个比方！完了这台娃娃机还不需要花钱，你会不会一直夹？”

“会的吧。”

“你看，你都这样，何况狗呢！等到小歪玩儿累了，它就会睡觉，醒了之后，又是‘咔咔’一顿玩儿。有这些玩具吸引它的注意，咱家的家具岂会不保乎？”

“呃……”我看了一眼小歪，还是觉得有些不靠谱。

“别废话，咱试一试见分晓。”老南一脸自信满满，容不得任何质疑。

东西到货后的第二天，我在漏食玩具里装满了七七八八的零食，调整了一下漏食口的大小，然后看着小歪兴高采烈地扒拉玩具的样子，忧心忡忡地关上家门去上班了。

小歪，要争气啊！一整天，我都在这样祈祷。

那天格外难熬，我做任何事情都在分神，心里有担心，但更多的是期许。如果这个方案可行，那接下来我们就能少操不少心了。

终于盼到 5 点半，我立刻发消息给老南：“到家了没有？家里情况怎么样？”

老南没有回复，而是直接打了个电话给我。

“喂？”我忐忑得手都在发抖。

“嗯……看来我是有些过于自信了，唉……”老南重重地叹了口气。

“哦……”虽然早就做好了准备，但我还是觉得失望透顶，“所以这次是什么，垃圾桶？”

“不是……这次吧，有点严重，鞋柜旁边的墙壁几乎被他挠烂了，照片拍出来不太明显，你回家自己看看吧。”老南如是说，我能从声音中听出他深深的挫败感。

回到家，我进行了实地勘察。墙面情况确实很糟糕，用来防裂的网格布都已经清晰可见了，墙灰和石膏块撒得满地都是，为了保护现场，老南没做任何处理。

“小歪呢？”我一边脱鞋一边朝屋里探了探头。

“被我揍了一顿，现在躲床底下呢。”

我走进卧室，一只狗头在暗处隐约可见。

“小歪，妈妈回来了。”

“别叫了，没用，被我打怕了。”

“小歪，吃饭了。”我又喊了一声。

只听“哐当哐当哐当”几声动静，小歪从床底下钻出来，摇着尾巴满面春风地向我扑过来。

然后，它挨了我一顿揍。

“你的方法失败了，所以接下来怎么办？”我把小歪按在地上，仰着脖子问老南。

“呃……我现在也没辙了。”老南挠了挠头。

“要不……送去那种宠物学校训练一下？”微臣献上一个大胆的提议。

老南默不作声。

我知道他的顾虑，又加了一句：“我先找找看，要是看到口碑不错、价格又在接受范围内的，咱们就试试呗。”

“那好吧。”

找了好几天，又下功夫比较了一下，最后终于敲定了一家，定了一个月的训练课程。

一切准备妥当之后，我们把小歪送了过去。

（四）

说句老实话，小歪不在家的这一个月，是养狗之后我和老南过得最舒坦的一个月。

不用早起遛狗、不用拿黏纸滚筒滚裤子、不用收拾被翻得乱七八糟的垃圾桶、不用在办公室里惶惶不可终日，也不用再拒绝朋友的聚会邀请，并且想多晚回家就能多晚回家。

因为家中已无牵挂。

有时候，我们会忘记小歪不在家的事实，打开家门的时候会下意识地做好被它扑腿的准备，剥白煮蛋的时候会特意把蛋黄留出来，吃饭的时候总会时不时地向下瞅瞅看有没有伺机而动的一颗硕大的狗头。

没有它在家，还真有点不习惯呢。

学校每天都会发小歪的视频给我们看，视频里的小歪要么端庄地坐在那儿一动不动，接受稳定性的训练，要么就和一群大狗在院子里疯跑，你追我赶，来啊，快活啊，反正有大把的时光。

“瞧它那乐不思蜀的样儿！”老南每天都眼巴巴地等着学校发视频过来，但每次看完视频又会一通生气。

“小区里都是小狗，看到小歪就嗷嗷乱叫，所以平时小歪也没什么玩伴，现在掉到狗堆里去了，你应该替它高兴才对嘛。”我晓之以理，动之以情。

“我还是不太放心。”老南忧心地说。

于是，我们和学校联系了一下，抽个周末去看它。

那儿其实是一栋带大院子的三层别墅，我们到的时候，小歪正好在一楼的大客厅里背对着我们训练。

“嘘。”老南转过身示意我不要出声，我俩像偷狗贼一样蹑手蹑脚地向小歪走近。

“小歪。”走到小歪正后方时，老南温柔地唤了一声。

小歪猛地一回头，两只小耳朵在空中荡漾。它愣了一愣，想一跃而起又怕自己认错人，于是翘着尾巴围着我们的脚跟闻了闻，确定是我们之后，急不可待地跳起来扒住我们的腿，喉咙里发出“呜呜”声，像是在对我们抱怨：“你们怎么把我一只狗留在这里啦！”

但它更多的当然是喜不自胜，如果摇尾巴能发电，那它当时简直可以点亮一个村庄。

“乖……乖……”老南也很高兴，蹲下身子任由小歪一顿狂舔。

“你们家小歪，怪调皮的。”驯狗师是个小伙子，烫了一头卷毛，“但总体来说还是很可爱的，服从性和稳定性这段时间也训练得不错。”

“那就是说，这一个月训练结束之后回到家就能变得很听话了吗？”我问。

“不，但大多数人都以为是这样，所以回家之后发现自己的狗恢复原样就会觉得是我们没有把它们训练好。”卷毛给我们倒了两杯水，示意我们坐下，“但和狗相处时间最多的还是你们主人。就好比什么呢，孩子在学校里各种遵守规矩，但是回到家，父母各种放任自流，他依然是会作威作福的。”

我和老南理解地点了点头。

看到我们的反馈，卷毛继续说：“所以我们只是提供一个基本的引导，让它形成意识与习惯。如果回家之后你们继续这样训练它，那么它就会是一只服从性非常好的狗。但如果你们还是宠着它，或者不怎么管它，那结果还会和之前一样。”

“但是您也知道，我们俩都上班，平时可能没办法花那么久的时间训练它，顶多一早一晚，还有周末。”老南为难地说。

我立刻跟着附和：“对，然后每次下班回家，家里都已经……嗯，往事不要再提……”

“人生已多风雨……”

“纵然记忆抹不去，爱与恨都还在心底……”

“你俩咋还唱起来了呢！”卷毛笑着把歌切了，“你们这种情况，我建议买个笼子。”

我看了老南一眼，一副“你看，我早说了吧”的表情。

老南有些尴尬：“您是驯狗师，您应该知道，它们在笼子里一定会特别不开心。”

“但是把它们关在笼子里，一方面，可以保障你们的财物安全；另一方面，也保障了狗自己的安全。”

“这话怎么说？”

“那我问个简单的问题吧。”卷毛摸摸小歪的头，“小歪在家里都咬坏过什么东西？”

“墙壁、沙发垫子、桌脚……”我搔了搔嘴角努力地回忆道。

“有偷吃过什么东西没有？”

“那还挺多的，各种水果，我妈买的鸭脖，哦……还有，之前一罐巧克力夹心软糖被它从桌上扒拉下来了，连纸带糖一块儿进肚，可吓死我了，还好是代可可脂，否则活不到现在……啊！”我恍然大悟地“啊”了一声。

“明白我说的是什么意思了吧？”卷毛眯缝着眼睛，歪着头看我们。

我们不再迟疑，回家之后，立刻从网上订了个大笼子，打算把它放在天井里。在笼子到货之后，又找装雨篷的师傅给笼子安了一个遮雨板。

这也算是及时止损了吧。

本以为之后就能安安静静等小歪回家，不想在训练即将结束的前三天，我们接到了学校打来的电话："小歪和别的狗玩儿得太疯了，背上被撞了几个大包，你们过来一趟，一起带它去医院做个检查吧。"

真叫人不省心。撂下电话之后，我和老南立刻赶去学校。

小歪背上的肿块很明显，沿着脊椎骨，一共三个，从远处一瞧还以为是个小恐龙。它见了我们还是一副又惊又喜、没心没肺的样子，活蹦乱跳的，似乎一点疼痛的感觉都没有。

到了医院，医生说这事儿可大可小，得进一步做个检查。

诊疗室里挤不下太多人，我只好在门口等，留老南和卷毛把小歪按在诊疗台上让医生抽血。

"怎么样了？"看到老南从诊疗室里走出来，我焦急地问。

"不知道，还得等验血结果。"老南低着头。

"你怎么啦？"我弯下腰斜着头，试图看清他的脸。

"没事儿！"他转过身去，"别神经兮兮的。"

尽管他当着我的面不肯承认，不过后来他自己在知乎上回答的一个问题，承认自己当时快哭了。

那个问题是：朝九晚六的上班族适合养狗吗？

他的回答如下：

如果是想养，我希望你做好 100% 的心理准备。

交代一下自己背景，已婚，家有九月龄的拉布拉多一条，住一楼，有一个院子可以放大狗笼。我每天早 6 点出门晚 6 点到家，我老婆每天早 10 点出门晚 8 点后到家。

从养狗之后，基本失去夜间外出资格。因为我俩上班时间的问题，早上她遛狗，晚上我遛狗，然后晚上 9 点半以后再遛一次狗。

由于这个年纪的拉布拉多正处于精力极其旺盛的时期，不关笼子的时候基本要做到眼不离狗，所以很难安心做别的事情。洗个澡的工夫都能给你把墙拆了。

它每天的作息就是早上 7 点半出笼子，吃饭，出去遛，回家，和妈妈玩到 9 点，进笼子，下午 5 点半到 6 点之间，出笼子，吃饭，遛，回家，自由活动到 9 点半，晚遛，回家，回笼子。

由于我家这只狗活泼好动，又处于这样一个尴尬的年龄，非常喜欢找爹妈一起玩儿，尽管爹妈一再表示不玩儿，还是要奋力把头和手拱过来，于是我们身上的抓痕一度比养猫的还惨。

由于直到七个月才开始笼养，前期通过啃咬造成的财物损失应该在 5000 元以上。

每个月花费在狗粮、狗零食、狗玩具、狗洗澡上的钱在2000元左右。计划外花费比较大的有狗笼（1000元左右，包括配件）和学费（由于老婆怀孕，需要尽快给它更多的稳定性训练和适应笼养的训练，送去学校上了一个月的课）。

它去上学那一个多月的光景，是我最近最舒服的日子。

养它这半年多以来，也有不少次被气得开始怀疑我们有没有能力真的可以照顾好它。

我老婆问我喜不喜欢它，我从来都说不喜欢。

在学校的时候不知道是因为和别的狗打架还是它自己不小心在茶几上撞的，背上肿了几个包，带它去医院做穿刺检查的时候，看到它没心没肺地在那个台子上还在和医生闹，我一个大男人眼泪差点掉下来。

到今天，我还会时不时拿这事儿嘲笑他一番："哎哟，听说你爱哭哭哦！"

他也总是凶巴巴地回应我："滚一边去！"

但我心里知道，我喜欢的正是他这样的特质，善良，心软，还有点爱装，显得很滑稽。

万幸的是，小歪最后没什么严重的问题，每天按时热敷一会儿肿块就能慢慢消下去。

呜呼，福大命大。

（五）

朋友家里有一只边牧，智商奇高，会自己开关笼子。某天朋友下班回家，发现家里乱作一团，还以为进了贼，结果发现家里的现金和贵重物品一样没丢，又搜集了一下线索，缜密地推理了一番，最后认定是笼子里的狗所为。

但她没有立即发作，而是买了个小小的摄像头放在家里，通过手机观察家里的情况。

果然，是狗打开笼子，把家里乱造一通之后又回到笼子里，把锁扒上。

“之前笼养的事你那口子没听你的，你看，结果还是买了笼子吧！所以这次啊，你可一定要说服他给笼子再配一把锁。”朋友语重心长地说，“拉布拉多好歹也是智商前十的狗。”

于是我立刻效仿，买了摄像头和铁锁。

结果观察了两天，小歪并没有任何想要出来的意思，也没有兴趣研究锁头该如何打开。每天我们去上班之后，它只是渐渐垂下尾巴，很无聊地以各种姿势趴在垫子上，时梦时醒，放在里面的玩具一概都不碰。

只有在5点半老南到家的时候，它才会站起来，吐吐舌头，摇摇尾巴，在老南打开笼子的一瞬间，雀跃地朝他身上够。

我看着这一切，有种说不出来的难过。一个星期之后，就把挂在笼子上加固的锁头撤了。

“我有时候想啊，我们其实挺不对的，只是因为喜欢狗，就毫无顾忌地养了，没有考虑到自己的条件适不适合。”我有点沮丧地对老南说。

“什么条件？”老南问。

“虽然有个院子，但我们家还是很小，而且，我们平时上班能陪它的时间也不多。我有时候通过摄像头，看到它一整天都趴着，也不玩儿，挺没劲的。”

“你记不记得我在那篇知乎的回复里也写过，养它这半年多以来，有不少次气得开始怀疑我们有没有能力真的照顾好它。”

“嗯，记得。”

“我当时跟你也是一样的想法，觉得自己太过于想当然了，在自己精力有限而它又精力过剩的情况下，这种念头挥之不去。直到那一次，我们去学校看它。”

“就是它一开始没认出我们来的那次？”

“对。从那次之后，我意识到它其实能够感受到我们对它的感情，尽管我们工作日和它在一起的时间不长，但是我们尽力在爱护它、在对它好，这一点，它知道。”

“你少在这儿给我灌心灵老鸭汤。”我不以为然地说。

老南并不理会我，继续说：“那天小歪背上撞出三个大包，我陪它在诊疗室抽血，你知道我为什么有股子想哭的劲儿吗？”

“哟，这会儿承认自己哭啦？”

“啧。”老南不高兴地拧了拧脸，“你这样我不说了。”

“别别别，你说你说……”我拱了拱手。

“当时医生拿那么老粗的一个针管扎进它的背上，”老南拿手比画了一下，“我听到它哼了一声，但很快就仰着头舔起我和医生的脸，一点都没有挣扎。”

我不接话。

“它知道，我们都是为它好。”老南说完，低头看看趴在他脚边的小歪，轻轻问了声，“对吧？”

小歪回了一个白眼，然后打个哈欠，继续把头埋进爪子迷糊。

“呼。”我一下子不知道说什么好，小心翼翼地吐了口气。

“所以，虽然我们对它有很多做不到的地方，但是呢……”老南轻轻地揪了揪它的耳朵，“小歪，你也听好了，但是日子总是越过越好，我们努力攒钱，看看不久之后能不能买辆车，然后双休日带着你一起出去郊游。”

一片草地里，我和老南坐在堆满零食的红格子野餐桌布上，小歪撒了欢地跑去接我们抛出的飞盘，然后依偎在我们身边打滚。

我脑中浮现出这样的场景，竟然有种想哭的冲动。再低头看看小歪，它已伴着鼾声沉沉地睡了过去。

嘿，你能来我家，真是太好了。

Part 06

老南，这回真出大事了！

（一）

从内蒙古出差回来之后，我越发觉得身体开始不适，动辄头晕、想吐。

“让你一个人在外面顿顿涮羊肉不带我，这下吃坏了吧？呵呵。”老南用小眼瞟了我一眼，发出冷笑。

我朝他翻了个白眼。

过几天公司还得去三亚团建，老南劝我在家好生歇着得了，可如果临时不去就需要把来回机票的钱补给公司，况且也不是多大的不舒服，怎么能因此错过玩耍的机会呢。

“你继续吃喝玩乐吧，朋友！就留我和小歪在家孤女寡父的，我啃窝窝头，它喝稀白粥，谁人见了不心疼，谁人见了不流泪。”说完，他用力抽抽鼻子，佯装啜泣，还唱了起来，“手里啊，捧着窝窝头——菜里没有一滴油——”

“去你的。”我头也不回地出门了。

在三亚，我确实过得十分滋润，住在五星级酒店不说，还天天焗扇贝，顿顿梭子蟹，随时随地都能凿个椰子喝，简直不要太爽。而且我一向非常享受集体生活，大家一块儿打打狼人、捉捉卧底，顺带侃侃大山、聊聊八卦，多么美妙。

不过，在如此和谐的氛围下，诡异的事情还是悄然发生了。

“阿瑞，我真的尽力在叫醒你了。”某天早上我迷迷糊糊地睁开眼，看到和我同住一间房的蜗牛坐在我的床沿，双臂环在胸前，神情颇为无奈，“我早上 7 点半就醒了，简单捯饬一下脸，本来想叫你一起去吃早饭。”

“哦！早饭！自助餐！通常这种酒店的煎蛋饼都可好吃了，我跟你说……”我还没意识到发生了什么事，边想着煎蛋饼边从枕头下面摸出手机，“一会儿我必须吃五个。你可千万别拦我……妈呀！10 点半了！”

我难以置信地揉了揉眼，又怒目圆睁地看看手机，估计手机也被我吓得不行，战战兢兢地走了个字，10 点 31 分。

我惊恐地看了蜗牛一眼，她沉痛地闭上眼睛点点头：“是的，你错过了你的煎蛋饼。”

“啊！”我没办法接受这样的事实，发出了一声凄厉的嘶吼，在床上打起了滚。

一阵排山倒海之后，我体力耗尽，呆滞地看着天花板，口中念念有词："我真傻，真的，我只知道平时上班的时候会睡过头，不知道原来出来玩的时候也会睡过头……"

"祥林瑞，你很反常哦！"蜗牛凑近了我，"你知不知道今天早上我怎么叫的你？"

我闭上嘴，把头转向她："你说来听听呢？"

"我先用普通音量叫你：'阿瑞，起床啦！'你没有反应。"

"这很正常。"

"然后我'咔嗒'提高了两度，并且使用了拖长音，阿瑞——起床啦——你还是没有反应。"

"这个嘛……也算正常范畴之内。"

"是哦？"蜗牛挑了挑眉，"接着呢，我趴到你的耳边，就像容嬷嬷对皇后说话.jpg，还有法海对白娘子说话.jpg，还有……"

"行了行了，别打比方了，我知道是啥样的。"

"对，就是那样的距离，还是之前的音量大小，我又叫了一声'阿瑞——起床啦——'，你猜怎么着？"

"怎么着？"

"你还是没有反应。"

我朝她眯了眯眼睛："你一定不会只有这一招。"

"聪明！然后我呀，我丧心病狂地，开始捏你的脸。"

"难怪刚醒那会儿觉得脸怎么大了一圈。"我揉了揉腮帮子。

“结果你还是没醒！”

我“嗷”的一声翻了个面儿：“我觉得自己很有问题！”

“嗨，有啥问题！”蜗牛利索地站起身，坐回自己的床上，“你这不是刚从内蒙古回来吗，累的吧。”

“是挺累的。”我原本以为出差顺带旅游是美事一桩，结果完全不是这样。

“那明天你也多睡睡吧，后天可不能起不来，咱得赶飞机。”

“不不不，我明天绝对不会错过煎蛋饼的。”我把头摇成了拨浪鼓。

我非常诚实守信，之后两天虽然没有一叫就起，但在被蜗牛捏脸前就睁开了眼。可下午却一直处于非常萎靡的状态，始终提不起精神。

我一直以为这是连续出远门带来的副作用，直到从三亚回家后的某一天。

“老南，我觉得我不太正常。”我忧心忡忡地推了推身边正在玩游戏的老南。

“我也这么觉得。”老南双眼紧盯电视屏，心不在焉地应了一句。

“是吧！你也发现了吧！”

“嗯，两年前就发现了，不太正常，这里。”他的眼神依然锁定在电视上，一只手脱开手柄，指了指脑门儿。

“呸！垃圾玩意儿！我正经跟你说话呢！”我重重地打了一下他的手臂。

“啊啊啊啊啊，被进球了！”老南哀号了一声，然后把手柄往床上一扔，愤恨地转过头看我，“行，你说，要是不那么正经我可跟你急啊。”

“你看啊，我最近特别嗜睡……”

“你什么时候不嗜睡？”他用一声不屑的嗤笑打断了我。

“听我说完！”

“那行，那你继续，我也继续玩儿了啊……哎疼疼疼……疼！你撒手！”

我放开了他的耳朵，呼了口气：“除了嗜睡，我还老是犯恶心，看见油的就想吐，胃口也不好。”

“胃口不好？那是挺不正常的哈。”

“你说……我会不会是……怀孕了？”

“不可能。”老南憋着嘴摇了摇头，“你不有病嘛！”

“你才有病呢！”

“不是，哎呀，我说那个，多囊什么的那病，是这名儿吧？”

他想说的是多囊卵巢综合征，是一种常见的女性内分泌疾病，由复杂的内分泌及代谢异常所致，以排卵期不排卵和男性激素产生过剩为特征，主要的症状是月经不调、不孕、体毛多，还有爱出油。

我在高三的时候就查出了这种病，直到去年一直在用中药调理，今年终于受不了了，觉得自己打的嗝都有股药渣子味儿，身体还没有好转迹象，遂决定放弃中药疗法，开始遵从西医，吃一种能够降低雄性激素的避孕药。

“没准儿吃的药起作用了呢？”

“有……那么快？”老南挑了挑眉，持怀疑态度。

确实是有点快，我今年初才开始改变治疗方案，满打满算也只吃了四个月的西药。

“但我的直觉告诉我，像是怀了。”

“哎，你要不放心就查一查吧。”老南拿起手柄，准备好下一场比赛，“反正我从来不相信你们女人的直觉。”

结果，第二天我就用验孕棒狠狠地打了他的脸。

“真的……怀孕了……”我死死盯住那两道红线，再抬头看看老南，他直接蒙圈了。

“我……我去阳台抽根烟。”他没了魂儿似的从屁股兜里摸出一包烟，拖沓着步子往阳台走，拖鞋发出“呱嗒呱嗒”的响声。

我悄悄地跟出去，看到他在阳台上时而呆望远方，时而抓耳挠腮，默默地吐着烟，并没有显得特别高兴。

什么嘛，跟电影里演的完全不一样啊！我原来还以为他是假借抽烟之名去阳台上跳舞蹦迪做托马斯回旋以泄内心激动之情的，没想到，他就真的只是在抽烟，而且抽得特别忧郁。

我愤愤地回到房间，掀开被子钻进被窝，待他进屋，气鼓鼓地朝他行着注目礼。

他心虚地看了我几眼，躺上床一言不发。我俩一个心怀鬼胎，一个肚怀人胎，各自保持沉默。

“看来我还挺厉害的。”他开口的第一句话竟然是表扬自己。

“我说你就没有一点喜悦之情吗？”

“当然高兴啊！你也得给我时间缓一缓嘛！”

“我怎么没看出来？”

“你也知道，有了孩子之后压力自然会大嘛。你想想，咱们现在背着房贷，也没有钱买车，养孩子开销还大。”他顿了顿，说起一句熟悉的广告语，“都说有家的男人真幸福，谁知养家的男人多辛苦啊！”

我送他一个白眼。

“媳妇儿，这虽然是件天大的喜事儿，但我可告诉你，麻烦事儿后面可多的是哦！”

呵，好一根美丽的弗——莱——格——

（二）

我们这儿有个习惯，怀孕头三个月不能把这个消息告知外人，否则容易流产。但我这憋不住事儿的性格，让我保守三个月的秘密简直太难了，于是我就先把消息透露给我的同事兼好友，燕燕。

“切记做好保密工作！”

“同志，请你放心。”我们像两个地下党一样达成了协议。

结果第二天，整个部门就都知道了。

索尼克很激动，甚至比我还激动：“阿瑞厉害！一个 90 后，即将给我们部门带来第一个宝宝！”

在之后的很长一段时间里，同事们见到我都会报以神秘的微笑，并开始关注我身上任何细微的变化：“阿瑞，你怎么长了个痘！”“天哪，肚子好像大一点了！”“你们发没发现阿瑞皮肤变好了？”……

我对这些突如其来的关注表示受宠若惊，并报以热烈的回应——变得越来越嗜睡。

也就是从三个月之后开始的吧，我能从中午 12 点半一直睡到下午 3 点，醒来之后脸上全是衣服压出来的红印，同事们知道怀孕辛苦，也都不敢叫醒我，任我趴在桌上扭曲身体、变换姿势。

温馨归温馨，他们归根结底是一群玩咖，很快就在我身上找到了乐子。

某天，我刚睡醒，迷迷糊糊翻开手机想要看看时间，发现满屏都是微信消息的提醒，一打开，部门群的消息提示已经变成了省略号。

不祥的预感涌上心头。

我焦虑地点开群聊天，大拇指向上拨拉几下……聊天记录里的图片很直观地告诉我，几乎所有人都趁我睡着之后来到了我的工位与我亲密地合了影——有人比画着剪刀手，有人朝我嘟嘟嘴，有人恬静淑女地站着，有人俏皮可爱地托腮……唯独我，从始至终没有任何变化——眉头松弛，双目紧闭，脸歪向右侧枕在手臂上，左脸的肉将嘴挤成波浪形，口水顺着嘴角均匀地流淌，打湿了衣袖。

这样的我成了部门的一道亮丽的风景线，大伙儿纷纷表示可以设立收费点，挣别的部门的钱，手机合影一元，相机合影五元，拍立得合影十元。

真是一个非常有经济头脑的部门。

再往后，我在公司的睡眠质量就更好了，只要手头上暂时没有活儿就能够直接动作熟稔地头一歪手一撑，迅速进入甜美的梦乡。不仅如此，就连去给客户送提案的路上，短短 15 分钟的车程里，我都能睡个天昏地暗。

“阿瑞又睡着了”，是当时部门里流传最广的一句话。

好在同事和老板人都很好，对我开启了无限包容的模式，但他们越是这样，我就越是不好意思。所以要是没什么大事，我一般都留在公司里加班，或者看看有没有什么案子需要帮衬帮衬的，一起开开会，头脑风暴一下。

别说，每天顶着个球穿梭于办公室，接受着其他部门的注视，还挺好玩儿的。

当时部门里的第二个乐子，是给我肚子里的孩子取名字。

由于“南”谐音“难”，所以这个姓后面一般接不了什么好话，比如南美丽啊，南有才啊，瞬间就能把祝福变成诅咒。我总时不时想着取名的事宜，在办公室里唉声叹气。

为此，大家专门开了一次会。

你可千万别以为是什么正经的取名大会。

“南霸天。”索尼克率先脱口而出。

“不好不好，万一是个女孩子呢。”大家纷纷摇头。

这话说的，男孩子也不能叫这名儿啊。

“南上加南！”

“你怎么不盼点好呢？”我想也没想就拒绝了这个名字。

“南山南！”

“不行不行，以后老师点完名，紧接着就能唱开。”我毕竟是个深谋远虑的母亲。

“南怪！”

“啃，这个名字还得拍着大腿念呢。”我摇头。

“南不成！”

“……”

“南屏晚钟！”

“……”

“南博基尼！”

“……”

“南无阿弥陀佛！”

众人热情越来越高涨，场面几度失去控制。我干脆闭上嘴，托着腮帮子默默听他们讨论。

直到最后也没个靠谱的名字出现，但大家好像都认定自己赐的名儿是最好的，纷纷自说自话起来：

“瑞啊，你注意身体，别每天这么加班了，为肚子里的南怪考虑考虑。”

“阿瑞阿瑞，吃不吃烤地瓜，顺便温暖一下南博基尼小朋友。”

“南屏晚钟，等你出来老姨就来找你玩儿，哈！”

……行吧，你们开心就好。

（三）

或许大家伙儿很奇怪，怀孕的消息不该第一时间告诉双方父母吗？

话虽如此，但我和老南有着各自的顾虑。

老南觉得自己离父母太远，本来沟通起来就比当着面说要费力得多，所以任何消息都应该确保没有大的变故之后再做通知，万一乐极生悲，对任何人都是不小的打击。说句不好听的，以我的身体状况，只有过了三个月，才能算是真正意义上的怀上了，才能稍有自信地说一声："老哥，稳。"

而我对我父母的顾虑只有一个原因——小歪。

我妈还好说，我爸可是一向对小动物无感的，甚至可以说有些惧怕。每次他来我家，小歪为了显示亲昵总是会凑上去舔舔他的鞋或是蹭蹭他的裤管，他都会跟摸了电门一样整个身体抖动一下，然后嫌恶地朝狗连连摆手："去……去！"

当时小歪还小，远不像现在这么大，我就抱起它窝进怀里，无奈地说："爸爸，它不脏，也不咬人，你反应干吗那么大啊。"

"我就是觉得被一个毛刺刺的东西碰着很不舒服。"我爸掸了掸裤腿，恢复了理智。

这还是小歪三个月的时候，那是它这辈子最乖最萌又不掉毛的阶段。之后它进入恶魔期，我爸对它的态度可想而知。

由于把小歪接回家的时候我们刚搬进新装修的家，而且我爸妈在装修期间尽心尽力，替我们分担了大部分，包括选材、运家具与后期打扫，可以说功不可没，所以我特别能理解我爸对那么快养宠物的反感。每次小歪干了什么“好事”，譬如咬烂沙发垫、把墙挠得一道道的、把桌脚啃出凹槽等的时候，我都会一顿抓狂，然后选择第一时间销毁证物，立刻采购新的东西来掩盖它的罪行。后来我实在是没有精力也没有财力给它永不消停的浑蛋行径擦屁股，只好在我爸发现的时候提着小歪一个劲儿地认错，我爸气归气，可终究没有任何办法，事儿也就过去了。

但我怀孕了，那情况就不一样了。

中国的家长对于怀孕期间的禁忌总是特别多，而其中大部分都十分不可理喻，比如不能吃大闸蟹、不能喝咖啡、不能对着电脑、不能开 Wi-Fi，尽管科学网站已经科普了一万遍，但他们依旧认为这些是危险因素，无时无刻不在危害胎儿的健康。

怀孕时不能养狗，也是根深蒂固的误区之一。

我爸本来就不喜欢小歪，要是知道我怀孕了，一定会想方设法来游说我把狗送走吧。我每天都担惊受怕，思考如何解决这个问题。

也许会有人问，是我怀孕，是我养狗，这一切都跟我爸没有关系，为什么会忧愁至此？

答案是，一方面性格使然，我不愿意得罪任何人，特别是朋友和家人，关系一旦有僵化迹象会让我感到焦虑；另一方面，我爸爸很爱我，为我的婚房和装修倾尽了所有，从小到大他也都秉承开明的做派，我想让他充分感受到我对他的尊重，也相信他能够通情达理，与其态度决绝，不如好好谈谈。

我下载了很多科普文章准备给我爸看，同时耐心地训练（打）小歪，自认为一切都在往好的方向发展。

于是在我爸生日当天，也就是我怀孕接近三个月的时候，我和老南把医院的彩超单作为礼物，一言不发地递给了我爸。

接过这份“大礼”之后，我妈的惊喜之情溢于言表，我爸毕竟是个五十多岁的老男人，装也要装得沉着冷静，但我看得出他同样很激动，捏着彩超单的手高频颤抖着。

“这份礼物太棒了。”沉默一会儿，我爸缓缓开口说。

“我要当外婆了。”我妈喜滋滋地说道。

“那么以后你自己要当心一点，不要太累。”我爸把头转向我妈，“你是过来人，你嘱咐几句。”

“哎呀，我要当外婆了。”我妈翻来覆去地看着彩超单。

“嗬！行了，问你话呢，你怀女儿的时候有什么注意事项吗？”我爸干咳一声，开大了嗓门儿。

“啊？嗯……没有！”我妈回过神来，想想，摇了摇头，又高兴地低头研究起彩超单，“嘻嘻，我要当外婆了，哎呀，我可真是个年轻的外婆呀。”

我爸叹口气，看了眼我妈，也绷不住跟着乐和起来。

当天气氛很好，我们四个人下馆子撮了一顿为我爸庆生，自始至终没有人提到小歪。我稍稍松了口气。

怀孕之后，爸妈来我家也就频繁了一点，每当他们来，我就对小歪格外小心，这厮一有什么风吹草动我就立刻小声呵斥，它倒也懂事，像是知道家里来了什么了不得的人物自己不能出幺蛾子，就安分守己地扮演一个卖萌的角色。

“你家里小，养狗总是有味道啊。”我爸用这样的开场白成功地开启了我内心紧张的情绪。

我知道他在把话题引向哪里，没有吱声。

他在屋里慢悠悠地踱着步，看到被小歪挠花的墙，皱了皱眉：“你要是被它扑倒可怎么办？”

“我控制得了它。”对于“控制”这词儿，我心里其实不是特别有底，但被扑倒是不太可能的。

我爸轻轻“哼”了一声：“怀孕本来就要多休息，你现在还要早起遛狗。”

“小南会遛的。”兵来将挡，水来土掩。

“最关键的是，狗脏。”

“它不脏，每十天洗一次澡，每三个月体内外驱虫。”我有点恼了，但极力克制怒焰，耐着性子解释。

“它会到处乱吃、到处乱舔，毛会蹭脏，然后再碰到你们的沙发和床，都是细菌。”

“人根本也干净不到哪里去。”

“而且我听别人说了，有个叫弓形虫的东西。”

听到“弓形虫”这三个字，我一阵暴躁：“谁告诉你的，来来来，你叫他过来，我好好给他说说弓形虫是怎么回事。”

“网上都这么说。我不管具体是怎么回事，总之养狗弊端太多了，我希望你把它送走。”我爸的口气也开始变差，唾沫星子里都带着火。

“送哪儿去？你倒是说说，送哪儿去？”

“品种狗，总归是送得出去……”

“你是不是也想过把我送出去呢？”我粗暴地打断他的话。

“你说什么？”我爸锁紧了眉头。

“我说，你、是、不、是、也、想、过、把、我、送、出、去！”我赌着气，一字一字咬牙切齿地说。

“你怎么会有这种想法？我当然没有想过！”我爸错愕地瞪大了眼睛。

“那么，小歪也是我闺女，我不会送走它的。”我一向是个好商量的人，很少会用这么坚定冷酷的口吻说话，“这就是我的态度。”

我爸怔了半分钟，然后把脸朝向桌上的平板：“随你吧。”

Round 1，我 K.O. 了他。

当然，轻易善罢甘休不是我爸的做派，他的风格就是叨叨叨叨，时不时地提两嘴。反正通过这件事，我跟老南背地里为他取了个绰号：磨人的老父亲。

“我知道你是为我好，但是我把狗抱回家的第一天我就想得很清楚，会负责一辈子……咱结婚的时候那句话怎么说来着？”我用胳膊肘碰了碰老南。

“不管生老病死，富贵贫穷都不离不弃。”老南补充道。

“小南，你也快要当爸爸了，这个事情可不是儿戏！”我爸实在是对我没了招儿，改变策略，打算在老南身上找突破口。

“爸，你也是别人老公，这个事情我可做不了主。”老南使出一记完美的必杀技——踢皮球。

“哼。”我爸拉出凳子，马着脸坐下，跷起了二郎腿，“我又不是叫你把它扔掉，让它换个好人家，对它来说有什么区别。”

“也许对它没有，但是对我有。”我眼神凛冽地看着他。

“退一万步来说，你怀孕的时候养着它了，孩子出生之后呢？

你有精力照顾它吗？”我爸避开了我的眼神，死死盯住自己抖动的腿肚子。

我不想说话，朝老南撇撇嘴，他心领神会，立刻接口道：“这您就别担心了，我们联系好了学校，临生产的时候就送过去，顺便还能训练一下。”

“这又得是一大笔钱吧？你们知不知道养孩子费钱？知不知道在孩子的教育上，钱花得飞快，就跟往水里扔一样？”

“我平时有攒钱……”提到钱的问题时，我的气焰一下子弱下来，我知道自己小金库里有多少银子，确确实实，危机感很重。

我爸见自己戳中了要害，一下子来劲儿了，说：“攒钱？你可别忘了，房贷你们才刚开始还，车呢，车也没有，有了孩子以后不得买辆车？你攒钱，还得了房贷，买得了车吗？”

我跟老南越听越心虚，低头不语，像两个犯错的孩子。

“是，爸妈没用，没钱没势，但万幸的是你们都是好孩子，靠自己的努力取得了今天的生活，结果呢，钱都花给了狗。不是我说话难听，狗再亲，也比不上自己亲生的骨肉啊！”我爸说到激动处，狠狠地用拳头砸了两下桌面。

完了，Round 2 显然是我爸更胜一筹。我脑中浮现出了诸葛亮口诛王朗的场景，再这么下去，我爸甩出一句“我从未见过如此厚颜无耻之人”后，我就该吐血倒地身亡了。

等等，吐血倒地？

这个主意不错。

“呃……”我弓起背脊，捂住肚子，尽我所能地把头垂低，装出一副痛苦的模样。

“你怎么了？”老南率先察觉出了不对劲。

“呼……哈……我，我肚子疼。”我浮夸地喘着粗气。

“没事吧？没事吧？”我爸立刻起身迈到我身边，扶住我的背，紧张地问。

我摆摆手，不答话，然后悄悄地捏了捏老南的大腿。

要不说老南是个聪明人呢，又一次完美地接住我的话：“爸，要不这事儿先缓一缓吧，毕竟心情不好也会对宝宝不好的。”

我爸没有吭声，又拨开了我的头发检查起我的脸色。

原本在窝里睡觉的小歪这时突然“呱嗒呱嗒”地奔到了我身边，凑近我的脸，用湿乎乎的鼻头闻了闻，然后轻轻地碰了碰我的脸颊。

我原本还在为自己的演技沾沾自喜，看到小歪这样，鼻头一酸，啪嗒啪嗒地落下泪来。

狗可真好啊，没养狗之前，我一直以为狗是离不开人的。养了狗之后，我才发现其实人更离不开狗。我回想起某次老南在公司里受了屈，从接我下班到回家的路上一直脸色铁青，却在一打开家门看到小歪摇着尾巴迎上来的时候展露出了笑颜。我很清楚地记得当时的画面：他摸着小歪的头，小歪身体向一侧倒，然后四仰八叉地露出肚皮，于是老南将包放到地上，一边俯身揉着小歪的肚子一边趴在地上，拿自己的鼻头蹭了蹭小歪的鼻头。如果他没那么早发现小歪把他刚买不久的球鞋啃坏了，我一准儿能把这一幕存进手机。

小歪见我淌下泪珠，又伸出柔软的舌头“扑啦扑啦”一顿好舔。我用力薅了一把它脑袋上的毛，然后抬起脸，轻声又严厉地命令它：“小歪，坐下。”

小歪顺从地贴着我的小腿坐下。

“肚子这么疼吗？”老南担心地问。

我摇摇头，瞅了我爸一眼，他正在盯着小歪看，依旧板着脸，但神情柔和了许多。

这时候，我妈从菜场回家，看到三人一狗都窝在沙发那儿气氛凝重，吓了一跳，问道：“出什么事儿了？”

我和我爸都没有接茬儿，老南更加不知道说什么好，干站在那儿搓手。只有小歪摇着尾巴“呱嗒呱嗒”地蹦跶到我妈脚下，例行公事地围着她埋头嗅了起来。

“小歪，那你跟外婆说说，出什么事情啦？”我妈蹲下拍拍小歪的脑袋。

小歪高兴地舔了我妈一脸口水。

“没什么事。”沉默良久之后，我爸终于开腔了，“都很好，我很为他们高兴。”

之后，我爸再也没有过问小歪的问题。不知道是因为怕我动了胎气，还是被小歪贴心的举动触动到了。

谢谢我爸。

Part 07

一半是恶魔，一半是天使

（一）

我的预产期是在 1 月 28 日，于是当天下午我就住进医院嗷嗷待产。

我爸妈和我婆婆把待产包、换洗衣服还有一些必需品打理好之后被我和老南劝回家：“你们也忙一天了，回去早点休息吧，反正住得不远，有什么情况会第一时间通知你们的。”

病房环境不错，一进门是卫生间和衣橱，再往里走有两张床，一张供产妇，一张供家属。我和老南躺在各自的床上，我临时抱佛脚地练习着拉玛泽生产呼吸法，他用手枕着头，一言不发。

“你有什么感觉吗？”老南问。

我专注地吸气、吐气，没有搭理他。

“你说……是男孩还是女孩？”老南进入下一题。

“呼……不知道……呵……”

“他还在动吧？胎动，嘭嘭嘭，顶你肚

子。”老南双手一撑，坐起来，面向我盘起腿。

“嗯，刚才动了几下……呼……呵……”

这时我的产检医生敲门进屋，她是一个相对年轻的大夫，一头短发，无论说话做事都很利落。她询问我腹部的感觉，安慰我一番，然后把手插进白大褂的口袋，慢慢朝外走。

“哎，你紧不紧张？”老南见医生准备开门走了，蹭着屁股朝我挪了挪身体，“我刚才叉开腿，模拟了一下生孩子的感觉，你猜怎么着？”

“怎么着？”

“我一个大男人都怕得不行！”

“我说……”医生倒退着往后走了几步，头一歪，直视着老南，“我做医生也有好几个年头了，还没见过你这样的老公，别的男人都是安抚老婆不要怕的，你倒好。”

老南不好意思地抿起嘴朝医生傻乐。

“你要是晚上觉得肚子痛了就赶紧按床头上挂的呼叫铃，千万别忍，我问过你的住院医师，估计今晚宝宝会有动作。”她又叮嘱我一遍，然后瞥了一眼老南，“老公别睡过去了啊，留点神。”

“好，好……”老南用力点点头。

“别老躺在床上，多走动走动，爬爬楼，对顺产有好处。”医生的脚步声越来越轻。

听到关门声后，老南探出脑袋又确认一遍，然后嘘了口气："吓死我了。"

"傻 ×。"我缓缓把脚放到地面上，"陪我爬爬楼梯呗。"

于是，一个大肚婆挽着一个和她肚子差不多大的男人走进楼梯间，开始了漫漫爬楼路。为了防止无聊，俩人玩了会儿成语接龙，结果发现更无聊了。

"哎，咱们聊点以前的事儿吧！"老南提议。

"行啊。"我表示同意，然后模仿起宋丹丹，"想过去，看今朝，我此起彼伏。"

"我还记得第一次见到你的样子呢，人山人海里，长卷发，戴眼镜，至少比现在瘦二十斤。"

"是啊，你倒是一点没变。"我拍拍老南的肚子，"以前多大现在还多大，咱这都认识五年了吧？哪吒好歹只怀了三年。"

"我都想好了，等你出月子，我们一起去办健身卡。做个让孩子骄傲的爸爸，从管理好自己的身材开始。"

"哟，当了爸爸的人觉悟就是不一样……啊呀。"我定住，把手搁在了肚子上。

"怎么了，怎么了，怎么了？"老南一下子紧张起来。

"肚子叫了。"

"啊，孩子在肚子里还能吭声呢？"

“不是，饿的。”

“……”

晚上，我和老南用病房里的小破电视看了会儿《大内密探零零发》，一瞧时间，已经过 12 点了。

“睡吧你，好好休息才有力气生孩子，反正医生说了让我不要睡过去，我会守着你的，放心吧。”老南掏出 3DS 晃了晃，“我的不困秘诀是口袋妖怪。”

“可我睡不着。”我侧着头，半边脸埋进枕头，“不是说今晚很有可能会有反应吗……对了，我大姨那个时候生我哥生了整整两天呢！哎哟，本来产检的时候就说孩子会比较大……你说我会不会也沦落到保大人还是保小孩的境地？”

“呸！我发现你这人净爱说些不吉利的话。有反应你自然就醒了，赶紧睡觉！”

“哦……”我攥紧被子，在担惊受怕中迷迷糊糊地睡着了。

（二）

第二天早上，我被护士急促的敲门声吵醒，看了一眼旁边的床，老南睡得正香。

“还说会守着我，狗屁！”我嘟囔了一句，然后晃晃悠悠地起身，毫不留情地捅了捅他的胳肢窝，“你给我起来！”

老南猛地一颤，揉了揉眼睛。又一长串的敲门声让他瞬间清醒，他赶忙下床去开门。

护工端来了早饭，护士尾随其后：“一会儿住院医生来做个检查，没有其他问题的话，9 点半左右我们就要送你去人工破水了。”

我捏着包子，脑中浮现出灌着水的气球被针捅破的情形。

9 点半，护士如约来接我，并让我把需要带的东西都一并带下去。于是我和老南简单整理了一下，把东西都塞进了一个大手提包。

“我在门口等你们。哦对了，产妇别穿内裤。”说完，她走出病房，反手按了按把手上的锁，“咔嗒”关上了门。

我和老南面面相觑。

因为医院病号服的裤子特别大，而且皮筋基本没有弹性，根本没法儿穿，换了好几套都是如此，所以在病房里我基本只穿内裤来回蹦跶。现在突然让我光腚套裤，危险系数还是非常之高的。

于是我只好双手提着裤子晃荡着走，仿佛裤裆里藏着很多金银珠宝。

我们仨坐电梯到一楼的待产观察室，由于家属不能进去陪护，老南只能止步门前。

“一有事儿就给我发微信或者打电话！”

“要是阵痛厉害就找我聊天转移注意力！”

“我就在门口，哪儿都不去，你有事一定要吭声啊！”

“还有……”

“哎呀，知道啦！”我依着护士的吩咐，带着手机和成人尿布头也不回地进了观察室。

房间里除了我还有另外三个待产妇，一个是和我差不多时间进来的，另外两个已经快要临盆了，她们有气无力地躺在床上哼哼唧唧，那种呻吟声搞得我心里特别慌。

阵痛到底是什么感觉呢？真的会很疼吗？我当时完全想象不出来。

“现在开始，你就别动了，不管一会儿要你去哪儿、去干吗，都不要自己动，会有人把你推过去的。”

我点点头，看着护士拉上了床边的隔帘。

肚子依旧没有感觉到任何不适，于是我惬意地躺在床上玩了会儿手机。没隔多久，来了两个护工，一头一脚把我挪上移动推床。

我过去从来没有做过手术，头一回享受这种待遇，觉得还挺好玩儿的，有种微妙的霸气和明星范儿，便给老南发了个消息：“你快在门口等我！快！”

当推床被缓缓推出观察室的时候，我看到老南一脸焦躁地站在那儿，手插着口袋，不时踮着脚尖探头张望。

我朝他拼命挥手同时大喝一声：“同志们好！”

还没来得及看看他一脸蒙圈的样子，我就被憋住笑的护工推去了隔壁手术室。

“你去哪儿？这是要生了吗？”老南发来消息询问。

“没有，好像是要去破水。”

“那你叫我去门口干吗？”

“就是为了跟你说一声‘同志们好’。”

“……”

破水比我想象中要快得多，医生轻轻往里一探，一股热流就从我双腿间漫延开来，在成人尿布的加持之下，使人产生一种小便失禁的错觉。

很快，我又被推回观察室，和以往不同的是，这次肚子上被绑了个胎心监控器，还在右手静脉扎针挂了点滴瓶，另外，刚才那个和我一样淡定的待产妇也加入了阵痛行列，痛苦地呻吟起来。

“护士……护士……我……我好疼啊……快让我去生吧……”隔壁床传来微弱的请求声。

护士闻声，赶过去检查了一会儿，为难地说：“还是只开了三指，再忍忍吧。”

开指，就是宫颈口扩张的程度。正常状态下，子宫颈口张开约有一指尖的距离。随着产程的进行，子宫口会逐步扩张。要想胎儿能顺利看到新世界，这个新世界的大门一般需要十个指尖的距离，简称开十指。

开指的时间因宫缩频率而异，宫缩频率越高，开指速度就越快。

然而很不幸的是，我的子宫和我一样，惰性十足。

一般破完羊水之后，宫颈会加剧扩张进程，阵痛就会跟着慢慢出现并且愈加剧烈。而我，依然没什么太大的反应。

护士安抚完隔壁床，撩开了隔帘，走到我的床边。她看看胎心监测仪，皱了皱眉，嘀咕了一句："没怎么宫缩嘛，看来要打催产素了。"

一针催产素打入吊瓶之后，阵痛悄然来临，但痛感尚在忍耐范围内。

"切，阵痛就这点本事吗？"我非常不屑，依旧在手机上健指如飞，和朋友们谈笑风生。

但随着注射剂一滴一滴流入静脉，我的下腹部开始猝不及防地抽搐，就像小肚子上画了一个靶心，有人正一拳拳地对着靶心捶打。

"不好，有感觉了。先不聊了，等我消息！"我逐一终结聊天，然后把手机搁到床头柜上，沉重又忐忑地闭上眼睛，犹如一个准备英勇就义的士兵。

耳鼓膜微微震颤，有规律地"噗噗"作响，让我没办法听清周围的动静。护士拖沓着步子来回走路的声音越来越模糊，一时间，我感觉自己来到了一片漆黑的虚无。这儿没有其他人，也听不到任何声音，只有疼痛越来越清晰，细微到神经和血液，一阵又一阵地想要击垮我。

我的脑门儿上冒出了冷汗，身体也开始不受控制地翻来覆去，想找寻一个令自己舒服的姿势。但我一向自恃刚强，不愿意暴露自己的脆弱，于是就用咬紧牙关的方式忍受着一次又一次丧心病狂的重击。

“呃啊……好疼。”我压着嗓门低吼了一句，依旧不忘装。

得找个什么东西转移注意力。

于是我又摸出了手机，想开个游戏或者刷刷信息，但刚拿到床边，又开始被突如其来的阵痛殴打，一个没握住，手机“啪唧”掉到了地上。

我恼火地骂了一句，侧身闭上眼，双手握紧床栏，扬帆起航，绝望地等待下一次巨浪。

不知道挣扎了多久，手机被人轻轻拾起放到柜子上，我睁开眼，看到一个年龄偏大的护工阿姨，她是我这辈子都忘不掉的人之一。

“谢谢……”我艰难地挤出两个字。

“你不要说话，攒点力气。”她口音很重，但同是江浙沪包邮区的人，我能听明白，“我是照顾你们这间观察室的阿姨，你有什么事就叫我。”

“好，谢……”我刚想答谢，想到自己还得攒气憋着放大招，立刻闭上嘴点了点头。

“现在刚过 11 点。”阿姨抬头看了看墙上的钟，“我半个小时之后把中饭拿过来。”

“才 11 点？”我错愕，接着面部表情扭曲，两只脚疯狂地踹起了空气。

我清楚地记得，我结束所有对话放下手机的时候是 10 点 55 分，在床上痛苦挣扎了那么久，竟然只过了不到 10 分钟？

“怎么了这是？”阿姨被我吓了很大一跳。

“为什么快乐总是如此短暂，而痛苦却恰恰相反呢……”我模仿着著名油画《马拉之死》，手无力地搭在护栏上，头向床沿仰着，脑中充满了对时间的哲思，自言自语。

阿姨是过来人，什么样的产妇都见过，虽然听不清我在神神道道地嘟囔什么，但是也能明白几分。她扶着我的肩膀调整一下我的姿势，然后抓着我的手说：“都是这个过程，忍一忍就好了。”

我缓过神来，觉得心里涌出一股子暖流。她的手很热很软，掌心又因为干活变得有些粗糙，让我想起了我的奶奶，于是眼泪“哗”地流下来，泪水的组成是疼痛和感动。

“别哭，别哭，疼就叫出来，不丢人。”她赶紧用手抹了抹我的脸，又细心地抽张纸，为我拭去淌进耳朵的眼泪，“我去给你拿饭。”

等饭期间，我又经历了史上最漫长的半个小时。小腹的疼痛愈演愈烈，无论我把身体切换成何种姿势都没有办法改善。我在床上无力地扭动着，那模样，大概跟喝了雄黄酒的白娘子有几分相似。

其他三个产妇被陆续推了出去，房间里就剩我和护士两个人在。我浑身都在抽搐，又因为大肚子挡着没法蜷缩身体，极度闹心，于是决定放任自己出声，毕竟一直憋着也不是个事儿。

护士闻声走近："疼得厉害吗？"

废话。我心里撒着气，用力点了点头。

她戴上手套给我做了个检查，又抬头看看胎心监测仪，遗憾地告诉我："有宫缩，不过依旧只开了三指，可能还得等一会儿。"

"哎……我手动给它缩一缩行不行……"我有气无力地发着疯。

"别说傻话。"护士被这句荒唐的建议逗乐了，"再忍忍，生孩子之前都是这样的，你好好休息，一会儿生的时候争取让宝宝快点出来。"

我像《甄嬛传》大结局里快要驾崩的雍正，尽最大的努力伸长脖子看了看肚子，接着无力地一头扎进枕头。

这时，阿姨端着食堂的不锈钢餐盘走了进来。一天之前我还对这类病号餐不屑一顾，但此时此刻，闻着大锅饭的味道，我觉得它们是我的救命稻草。

阿姨架着我的胳肢窝让我朝上坐了坐，接着一手捧着餐盘一手拿着筷子笑眯眯地喂我。我用胳膊肘撑住身体，费力地接受着她的好意，而后嘴里塞着饭，含糊不清地道着谢，大颗大颗的泪珠顺着脸颊滚进菜里。

“哎哟，食堂的饭有这么难吃吗，你看，都把你难吃得哭了。”她试图把我逗笑。

但我心里装满了感激，没有配合她一同发笑，只是用力咀嚼，拼命摇头。

由于姿势受限加上疼痛剧烈，我没能好好地把饭吃完，几口之后就肩膀一扭头一偏，继续颓丧在床上。

“可怜囡，快了，快了哦。”阿姨简单地收拾了一下，看我一眼，叹了口气，转身端着餐盘离开。

我又孤独地感受起了阵痛，一下又一下。

（三）

每隔一段时间，我都会让护士帮我看看开指的情况，在得知仍然不能进产房后，继续耷拉着眼皮萎靡地放空。

终于，在 1 点 40 分的时候，护士脱下手套打了个电话：“二楼有没有导乐室？”

导乐有点类似于助产士，会在生育的时候在一旁鼓励你，并且当场传授顺产经验，包括如何用力、如何呼吸，等等。

请导乐需要额外多付2000元，这笔费用还没法儿报销。爱财如命的我原本并不想为这个看似鸡肋的职业掏钱，但一听说请导乐之后老公就可以进产房全程陪产，我心动了。

护士打完电话，扭头问：“你家属在门口等着吗？”

“嗯……我老公在……穿着深灰色面包服……黑黑胖胖的……”我咬牙切齿的样子仿佛在形容一个杀父仇人。

护士走出门朝什么人关照了几句，然后进屋对我说：“一会儿会有人把你带去二楼的导乐室，我跟你老公说好了，他已经拿好东西准备一起上去了。”说完，她又突然朝我微微弯下腰，似笑非笑地压低声音道，“我看他可比你紧张多了。”

我又享受了一次首长待遇，看着老南倒过来的半张脸和他那巨大的鼻孔，心生得意。

导乐室并不是传统意义上的手术室，格局和装潢更像一个普通的卧室，有暖色调的布艺沙发和温馨家常的装饰品，唯一显眼的是正中间放着的躺椅，和普通躺椅不同的是，座椅的两侧分别支出了一个用来抓握的把手和一个用来放置小腿的支架。我被架到了躺椅上，依旧挂着吊瓶贴着胎心器，同时用小腿抵住支架。这个姿势一下子让我的韧带紧绷，作为一个体前屈测验从来没及格过的人，想到一会儿要用这么别扭的样子生孩子，我不免有些担心。

“不紧张，不紧张。没事的，没事的。”一旁的老南紧紧握住我的手，嘴里念念有词，像是在安慰我，但可能更多的是在安慰自己。

“家属，把门背后的消毒服穿上。”我这才发现角落的办公桌后面坐着一个导乐，看上去并没有想象中那么慈眉善目。

老南唯唯诺诺地走到门口取下消毒服，比画来比画去，终于发现这是一件从前往后反着穿的衣服。他吃力地套上了俩袖管，手往脖子后侧够想要把带子系上的时候，发现胸前发紧，拘得厉害。

“不好意思，这个有没有再大一号的？”他讪讪地朝着导乐发问。

“没有。哎呀，凑合穿吧。”导乐抬起头看了他一眼，又埋头写起了东西，“对了，之前护士跟你们说了没有，要带巧克力、面包还有红牛。”

“带了，带了。”老南赶忙应声。

“好。一会儿如果生到半当中没力气了，家属就喂块巧克力或者喂口面包，然后给再她喝点红牛补充体力，吸管在你旁边的桌子上。”

老南把东西从塑料袋里依次拿出来放到躺椅边的小桌上，又小心翼翼地一样一样拆开包装。因为指甲太短，他勾了好几次红牛的易拉环才勉强打开，听到“啪”的一声之后，他赶紧插上吸管。

“接下来，产妇好好听我说。”导乐依旧低着头奋笔疾书，“小腿架到下面的架子上，手握住旁边的把手，一感觉到有阵痛就用力，注意！手要像举东西一样，往上提住把手，这样身体就可以往下用力了。”

这就开始了？我还以为会有很多人围着我呢！

我做了个深呼吸，尝试第一次发力：“嘿——呀——”

“哎哟，你这就真变成拎东西了。”导乐终于舍得放下笔，严肃地朝我走过来，“记住，不要发出声音，一发声音力气就散了。再试一次。”

好嘛，原来电视剧都是骗人的。

我挪挪屁股微微调整了一下姿势，等到阵痛来临，开始第二次发力。

“对，对对对！好，好的！”导乐在一边大声鼓劲儿。

我的小腹越来越胀，感觉有一股巨大的力量正在伺机喷涌而出，气尽之后，我张大嘴，重重地换了口气。

“不行！慢慢吐气再慢慢吸气！你这样等于又把孩子缩回去了！再来一遍！”

天，我这是请了个导乐还是请了个教导主任啊？

我重整旗鼓，第三次发力。这一次，我明显感觉到腹中之物在顺势下移。

“很好！再来！”

就这样，我又反复使了两回劲儿，其间，产科医生穿戴着全套手术装备匆忙地走了进来。

“怎么样了？”她凑近我的下体，查看了一下产程。

“会用力了。”导乐答，“就是感觉宫缩不太好。”

“嗯，是不怎么好。”医生盯着胎心监测仪看了一会儿，把头转向老南，“那个，家属，解开她上衣，捏捏她的乳头。”

当时我就黄人问号了。

“还有这等好事儿呢？”老南咔吧咔吧小眼睛，怀疑自己听错了，愣在那儿没有动作。

“家属，发什么呆呢，赶紧，捏她乳头，刺激刺激宫缩。”医生瞅了老南一眼，催促了一遍。

“好嘞！”老南立刻照做。

我被他弄得非常不舒服，加上阵痛依旧猖獗，便像只威吓蠢狗的猫一样朝他龇牙咧嘴起来：“你给我撒手！再敢动一下试试？”

“啊……可是，是医生叫我……”

“撒！手！”我的态度凶狠且强硬。

“哦……哦……”老南倏地缩回手，一下子不知道该干吗了。

“唉，宫缩又不好了！”医生着急地扑上我的胸口，亲自上阵。

“你看，还是得捏……”老南委屈地嘀嘀咕咕。

“闭嘴……”我心烦气躁，难受得冷汗直冒，把手湿透开始打滑。

顺产并没有很“顺”，阵痛、无力，加上怪异的生育姿势，一切都让我感到力不从心。我从来没有把腿叉得那么开过，大腿根又酸又紧，心想五马分尸可能也不过如此。又咬着牙挨了一会儿，实在无力维持了，我就自作主张把腿从架子上放下来。

“干什么呢！赶紧把腿放回去！这样会挤到胎儿的头！”导乐惊呼，抓住我的小腿回归原位。

“我生不动了！我不生了！请求组织给我剖了！我不生了！”我扭着五官痛苦地嚷嚷，心灰意冷。

“不可能了，孩子的头发已经看到了！”导乐蹙着眉斩钉截铁地说，“没有回头路了，再使使劲就出来了，别那么没出息！”

你说得倒轻松，敢情不是你躺在这儿生。我暗戳戳地在心里怒骂了一句，继续使劲，可明显感觉到气越来越短，劲头也不似刚才。

“家属，别愣着，赶紧，喂吃的！巧克力呢？红牛呢？”导乐指挥起一旁手足无措的老南。

“哦哦！好……好……”老南连声应着，然后秉着金牛座一贯严谨的态度低头问我，“巧克力有牛奶的、榛果的，还有……”

“废什么话呢，拿到哪个喂哪个！”导乐着急起来。

“我不要吃巧克力，腻……”我话还没说完，一颗巧克力已经被塞到嘴里，舌头瞬间变得黏黏糊糊的。

我极度讨厌这样的感觉，立刻用舌头一推，把巧克力吐出来，毫不留情地破口大骂：“我不要吃巧克力！不要给我吃巧克力！”

要是搁平时，他早就和我互怼起来了，但在这样的紧要关头，他完全收敛了脾气，像个海底捞的服务员一样满脸堆笑：“那换红牛试试？”然后不由分说地把吸管戳进我嘴里。

那是我第一次喝红牛。我用力嘬了两口，嘴一歪，把吸管一吐，又开始骂声响亮：“这是什么味道！不喝！”

“但是你要补充体力的呀！”老南捏着吸管再次靠近。

“滚！给我滚！”我气红了眼，不管不顾地骂骂咧咧。

老南向导乐投去求助的目光，导乐无奈地说：“那算了，看她中气还是蛮足的，不吃就不吃吧。”

“那……那你加油。”老南默默放下红牛，给我打气。

“那你闭嘴。”我冒着冷汗，狰狞地回敬了一句。

这个时候，我才真正领略到老公陪产的作用——发泄怒气。

把老南好一顿训斥之后，我觉得浑身上下充盈着一股神奇的爽快感，于是整顿一下呼吸，继续开始跟着阵痛使劲。

大概是宫缩趋于规律，医生终于放开了我的奶头，回到接生位，然后抛出一句非常熟悉的台词：“头快出来了，加油！”

行吧，都进行到这一步了，也由不得我想太多了。我不再满腹怨怼，化疼痛为动力，闭紧双眼不管不顾，一心向下使劲。

突然，医生和导乐同时大喊："悠着点！悠着点！我们让你用力，你再用力！"

于是我按着她们的指令，一下，两下，三下……老南在一旁握紧我的手，不断安抚："快了！快了！我们的宝宝探出脑袋了！"

我难忍好奇，睁开眼睛眯缝着向下看，瞧见医生双手把着一个血糊糊的球形物向外轻拔，于是我又攒着气，使了使劲儿，这一使之后，一声啼哭响彻云霄，我的整个身体轻松得像要飘起来了，有一种千年宿便被排出了体外一样的畅快感。

我知道，终于结束了。

刚才的疼痛，加之怀孕时的种种酸涩，融成了一颗泪珠，从我的眼角滑过。我抬头看看老南，他双手握拳屈在空中，嘴唇打着战，激动得说不出话来。

"来，妈妈看看，是男孩子还是女孩子呀？"导乐简单地给婴儿进行了清理，然后将她光溜溜地举起。

我看了看，不带把儿，虚弱地回答："女……女孩儿。"

"妈妈看看，她像谁呀？"

我当时完全没有反应过来这是在问像爸爸还是像妈妈，抬起眼仔细端详了一下孩子的脸，潮湿、浮肿、泛红，还露着诡异的微笑。

也太丑了！

要说像谁，我又盯着看了会儿，似乎有些明朗了：“严顺开？”

导乐愣了一秒，不打算再搭理我了。她默不作声地把孩子抱过来让她伏在我的胸前，又轻轻为她披上了襁褓巾，转身回写字台写起了报告。

小家伙的脑袋向一侧歪着，耳朵正好枕着我的心跳。她也不怎么动弹，只是偶尔踢踢脚，用指甲抠抠我的皮肤。

早在老南看到是个女孩儿的时候，他就已经兴奋得翩翩起舞了。女儿趴在我的胸膛上，他就跪在我身边盯着看，也不敢伸手去摸，只是把着椅子傻乐。

还没来得及高兴多久，很快又到了让我笑不出来的环节——缝针。

我的报告上写的是会阴撕裂二度，按理来说，下体这么敏感的地方稍有伤口都会感到非常疼，可生孩子的时候，撕裂的风头完全被阵痛盖过，根本察觉不出来。

我的伤口缝了很久，虽然医生打了局部麻药，但似乎用处不大，一针针的刺痛感，竟然让我觉得刚才的生育过程根本不算什么，现在才是终极 Boss。尽管担心吵到怀里的闺女，但我还是忍不住哇哇大叫起来。

“哎，你说你刚刚那么大的事儿都熬过来了，怎么现在受不了啦？”医生一边埋头缝线一边发问。

“真的……很痛。它们是两种不一样的痛法，但都很痛。”我强忍着戳心戳肺的刺痛轻轻地回答道。

“不过你确实也挺能耐的，竟然不选择无痛分娩。”医生大概是想转移我的注意力，自顾自打开话匣子。

“啊？什么无痛分娩？”我一下子云里雾里起来。谁不希望无痛啊！我压根儿就不知道这回事儿啊！

“推你上来之前观察室的护士就问了，你不记得了？”

我努力回想了一下，似乎那个护士确实在我上推车的时候说了句话，可我当时光顾着疼了，脑袋别过来别过去地来回晃，估计她给误解成摇头了。

“哎，也不用懊恼，省了 4000 元钱呢，拿这钱给自己买点好吃的。”医生笑了笑，不再说话。

其实我还想多嘴问她一句，为什么没有给我侧切，不过最后还是没好意思说出口。我在心里猜，她也许是觉得没必要，也有可能因为我表现得太夸张光顾着安抚我，忘记这回事儿了。但我想提醒一下各位准妈妈或者准备生育的姑娘，到了产房可以主动建议医生侧切，因为除非胎儿足够小，否则顺产几乎不可能做到完全不被扯出伤口，而任由会阴自己撕裂的伤口不容易痊愈，容易发炎，还可能留下不同程度的后遗症。相比之下，侧切的创口可以控制，而且能够让孩子快些出来，对孕妇和胎儿都有好处。

终于，医生剪断缝线完美收官。老南把孩子包好把她拥进怀里，我的父母和婆婆也得以进屋。他们仨一直等在门口，门一开就赶紧冲了进来。

先走进来的是我婆婆，她看到我面色煞白、奄奄一息的样子立刻就落泪了，捧着我的脸在我的额头上亲了亲，哽咽地说：“范儿，你辛苦了。”

后面跟着的是我爸，他看到我也有些动容，开始毫不吝啬说出对母爱的溢美之词，夸我是如何伟大。

我妈呢，就比较没心没肺了，笑嘻嘻地看着我，抛出了三个让人上火的问题：“疼吧？难过吧？不好受吧？”

真是我亲妈。

三个人对我安抚也安抚过了，嘲讽也嘲讽过了，接下来就开始一致把目光放到了孩子身上。

他们把老南团团围住。

“这孩子长得真有福气。”我婆婆率先开腔。

“可不是吗，我看，长得像小南多一点。”我爸摸了摸下巴认真地说。

“我也觉得像小南。”我妈连忙帮腔。

“不，也很像范儿。”我婆婆凑近研究了一番，“你们看嘴巴这块儿，还有这脸盘子。”

“总之是个好看的小姑娘。”我爸发表结案陈词。

“对，好看，好看。”我婆婆和我妈连声附和，深表认同。

我又看了一眼襁褓中的孩子，确认了一下我的眼神没有问题。

看来爱的的确确能让人变瞎。

本次导乐房之旅就这样接近了尾声，我原以为一切就可以慢慢如初恢复原样，但后来现实告诉我，想得美。

（三）

我躺在床上，闺女躺在小床上，其他人围坐在老南的家属床上，气氛活泼又紧张。

“虽然孩子的大名你们已经定好了，不过我认为还要再给她取一个小名。”我婆婆说。

“小名我们也取好了，就叫南波万。”老南答。

“不妥，不妥。”三个长辈几乎异口同声地枪毙了这个名字。

到时候他们叫他们的，我们叫我们的。我和老南来了个眼神交换，彼此心领神会。

“叫小南瓜怎么样？正好姓南，这名字女孩儿用可爱。”我妈提议。

“我觉得最好不要。”我婆婆把手搭在老南背上，跷起了二郎腿，“你们看啊，像我就给我儿取小名叫康康，一方面，寓意健健康康，另外一方面，朗朗上口，而且不管年龄多大听上去都不奇怪。你们想想，要是我这个年龄了，别人还叫我小甜甜、小花花的，多不合适啊！”

“大了可以叫南瓜……”我妈压低声音轻轻说了一声，又立刻自我否定，“算了，是不太好。”

一下子房间里安静得只听得到呼吸声，每个人都在为一个合适的小名托着下巴埋头苦想。

我见没人发表意见，便开始踊跃发言：“我有几个方案，叫敲敲怎么样？或者恰恰，可不可爱？”

“不怎样。”我爸先用普通话念了一遍，又用上海话念了一遍，摇了摇头，“你要考虑方言。”

还得考虑方言，闹心。

大家又沉默了一会儿，我突然打了个激灵，脱口而出：“茜茜公主，茜茜，茜茜怎么样？”

三个长辈你看看我，我看看你，觉得这个名字除了俗气一点之外挑不出别的毛病，又非常好念，终于拍板：“好，就它了！”

“你说，这名字是不是滥大街了？”我悄悄地问老南。

“管他呢，老人高兴就行了，私底下我们还是叫她波万，这个名字才好玩儿。”

取名仪式过了之后，我迷迷糊糊地睡着了。其间护士来给我按了两次肚子，为了把恶露按出来，她劲儿用得不小，不过哀号了几声之后，我又马上睡了过去，我实在是太累了。

这一觉从下午睡到了晚上，我习惯性地伸了个懒腰，结果扯到了伤口疼得立刻泄了气。

“哟，没事吧？”一个陌生的声音响起。

我这才发现房间里多了一个人，立刻招呼：“呀，干妈来了！赶紧坐！赶紧坐。”

她是老南的干妈，是我婆婆的高中同学兼闺密，提前退休之后，在当地考了一个月嫂的上岗证，干起了月嫂的活儿。这次来上海，是应我婆婆的邀请帮忙带带孩子，顺便身体力行地教我们一些育儿知识，好让我们更好地上手。

“生完孩子可不能像以前那样了，处处得当心。”干妈帮我把床背摇高，好让我能坐起来一些，“怀孕的时候当心是为了孩子，现在谨慎些，是为了自己。”

我不好意思地笑了，点了点头。

“可不能再大大咧咧了，也别觉得接下来就轻松了，生完孩子之后哇，事儿还多着呢。”

这句话说得非常在理。

怀孕的时候，腰酸背痛腿抽筋，遇到伤风感冒只能硬扛，也不能吃药。身体决定情绪，哪怕不表露，心里自然而然也开始怨声载道。

当时所有人都安慰我：“卸了货，就好了。”

然而并不是这样的。

先说说开奶。

开奶意味着宝宝第一次喝到你的乳汁，但很不幸，由于我得了妊娠期糖尿病，它会导致胎儿出生后有短暂的低血糖，所以闺女第一天的食谱是糖水。第二天，干妈为我按摩了一下，把孩子揽进怀里之后，我就捧着一侧乳房母爱焕发地跃跃欲试了。

结果只有一个字：疼。

我万万没想到这么一个小小的人儿竟然有这么大的气力，她的面部表情看似云淡风轻，实际上内心正在暗暗较劲。

我被她嘬得生疼，两排牙齿相互抵着，不时发出“嘶”的声音。

她心满意足吐出奶头之后，我一看，竟然被吮出了血。

“习惯就好了。”干妈安慰道。

这话不假，虽然在之后的一个月里，乳头一遍遍地破，又一遍遍地结痂，我每次把乳头放进波万嘴里的时候都会疼得一哆嗦，但过了不多久就能够释然了。都说“女子本弱，为母则刚”，我认为这里的“刚”，部分代表了一种强大的适应力，她们从姑娘变成母亲，本是个连自己都不一定能照顾好的糊涂鬼，粗枝大叶，毛毛躁躁，被父母庇护着，现在却一下子站在了呵护别人的角度上，能够忍着累、耐着痛，逐步逐步地扛起天，给孩子撑起一个世界。

有些习惯是一种迫使，只看自己是否心甘情愿。

再来，就是坐月子。

如果疼痛考验的是耐受力,那么坐月子就是在全方位地打击你。

那段时间，我完完全全像个喂奶机器，孩子一闹，乳头就必须立即就位——长官您好，给，请喝奶；孩子一睡下，我就被敦促着一块儿睡，作息必须保持一致，以确保半夜喂奶的时候我是清醒的，不会造成“母亲睡着，孩子意外窒息”的悲剧，而且睡眠充足也能保证奶量供应。所以我整天不是喂奶就是睡觉，连洗澡都得像烫水拔鸡毛一样随便冲一冲了事，偶尔能摸摸手机看看平板已经算是圣上开恩了。

可能是干妈的月子食谱更新速度过慢，加之我婆婆对我特别好的缘故，每天、每顿饭，我都需要吃上六大碗东西，几乎不放盐，而且为了防止回奶，很多我爱吃的东西都被明令禁止。其实这是相当不科学的，除了注意某些特殊的食物和香料之外，月子期间正常和家里人一起吃完全没问题，可当时我被特殊对待，每到饭点就守着孩子待在房间里，等着我婆婆或者我妈专门送来寡淡无味的饭菜和汤水，然后迅速吃完，随时准备着为床上的婴儿宽衣解带、敞开胸怀。

“你可以拒绝的，如果你不想吃，就不吃。”当时老南出差频繁，不能时时陪在我身边，每当夜里我淌着清泪矫情地跟他发信息怨声载道时，他总是鼓励我勇敢地拒绝。

“算了……都是为我好。”比起“抱怨”，“㞞”还是更占上风一些。

“那你跟我说什么，你不愿意拒绝，那就活该受委屈。”老南面对让自己不满意的事往往只有一个原则，直接干。

我知道他一向不乐意听我传播一些没有营养的叨叨，于是灰心丧气地不再回复。

躺在床上，我一会儿看看天花板，一会儿扭头瞄一眼婴儿床里熟睡的波万，又抬头继续看天花板。

我觉得很累。

我确实可以拒绝，但我不愿意这么做，我知道我婆婆和我爸妈每天也不轻松，他们每天一早起来就开始准备我的饭菜，自己心里也清楚，东西不好吃，于是想尽办法变换一些配方。为了我，谁都特别不容易，叫我如何轻易开口说自己不愿意吃这一顿顿辛苦饭呢？况且老南经常不在家，能站在我这边的只有我 人，我精力有限，无意争辩，只能选择妥协，把所有关心，哪怕是不正确的，都默默照单全收。

而且更让我堵心的是，我是一个典型的社交动物，现在却如同被关在隔离室里的传染源，每天来来回回地重复着不用动脑的机械劳动。

我受不了这样。

时间完全不属于自己、生活极度不规律、不出门也见不到什么朋友、手机不能时刻拿来用、唯一能与之说说话谈谈心的老南基本都在出差……久而久之，我内心的郁结越攒越多，还没出月子就没过了喉咙。虽然能够摸到手机刷微博聊天的时候依旧在假嗨地打字说话，想要尝试快乐，但其实内心早就崩溃了。

更让我倍感压力的是，我的奶水似乎并不充足。正常孩子喝完奶可以睡上两个多小时，但波万每天醒得非常频繁，一睁开眼就哇哇找奶。随着她一天天地长大，她索要得越来越多，但每次喝着喝着就开始闹，好像向老天哭诉：“怎么又没啦！”

“我们茜茜，太可怜了。”看着自己的外孙女愤怒地拒绝着妈妈的乳头，我妈心疼地说。

“她不肯喝奶，我也没办法。”每次我妈和我婆婆都要围观我喂奶，让我感到非常尴尬。

“还不是你奶不好！”我妈嘴一撇。

我知道她并不是真心在责怪我，但我心里依旧觉得难受。

“要不喂奶粉吧。”我婆婆小声地提出建议，“孩子吃不饱的话还怎么长个儿呀？”

“但是很多专家说了，多喂养就好了，奶水会充足的……”我没有底气地说完，咬了咬下嘴唇。

“那你的意思是，现在就这么叫孩子饿着？”我妈拔高了气焰。

“不不不，我不是这个意思……”

“我觉得南妈说得对，再怎么样也不能饿到我们茜茜。”我妈彻底表示这事儿没有商量的余地之后，起身就要去厨房冲奶，走了两步之后，又想起了什么，回头对我说，“你多听听音乐试试呢？”

“怎么了呢？”

“我之前看新闻，说荷兰的奶牛就听音乐，产的奶又多又好！”

我婆婆，一个爽朗的山东妇女，立刻被这句莫名其妙的话逗得前仰后合：“哈哈哈哈，哎呀亲家，你可真是太幽默了！”

反正我是一点也笑不出来。

专家的话其实是没错的，一方面，婴儿是按需喂养的，他们的不断刺激会让妈妈的身体接收到信号：宝宝没吃饱，从而产生更多的奶；另一方面，一旦宝宝接触了奶嘴，会发现奶嘴吸起来比妈妈的乳头省力多了，就会对人工喂奶产生依赖，不愿意花力气去吮吸妈妈的奶了。

所以慢慢地，波万对我的奶越来越排斥，而且她从小就有小题大做的潜质，嘬两口我的乳头，发现不对，怎么吸得这么费劲，明明你们上次给的是出奶口更大的奶头嘛，必须得逼你们交出那个，于是开始一系列的表演——先是蹙了蹙眉，然后假模假式再吸上几口，接着嘴一松，露出一个吃屎的表情，手开始生气地胡乱拍打。

小瘪犊子，我的奶就那么难喝吗？我愤愤地，硬把乳头往她嘴里塞，妄图堵住她的嘴，结果她哭得更凶了。

“是不是你的奶发酸啦？”我妈在一旁焦急地胡说八道。

“酸奶还比牛奶贵呢！”我没好气地应了一声。

“哎哟，别喂了别喂了，茜茜小可怜。”我妈一把夺过孩子，差我爸去冲奶粉。

在我们家，气人的永远是亲妈。我对这一行为非常光火，但又无可奈何。

亲喂行不通，我只能靠吸奶器把奶挤到奶瓶里再喂她。喂养方式也逐渐从全母乳喂养变成混合喂养，到了她四个月大的时候，我就彻底没有办法供奶了。

我试了很多种方法，开奶汤、开奶茶、每隔一小时就用吸奶器一顿猛造，统统都没用，反而因为乱七八糟的东西摄入得过多，出月子之后的某天我斗胆上秤一看，比怀孕前重了足足二十斤。

“算了，咱俩都是从小喝奶粉长大的，一滴母乳没沾，现在不都高高壮壮的吗？”老南安慰道，“这都是命，命里无时莫强求。”

我心里明白我已尽了人事，但母亲是种很容易自责的生物，别的孩子能喝到母乳，为什么我的孩子不行？

因为我不行。

尽管周围所有人都已经接受了人工喂养的现实，我妈也不再“说者无心”地撂下重话，但我心里依旧拧巴，甚至开始觉得自己没有什么大用处，生孩子，喂孩子，然后就是麻烦别人照顾我。

现在连喂孩子都做不到了，我真是一无是处，还一下子胖了这么多，都不知道活着该干吗了。

我自然而然地抑郁了，动辄暴怒，动辄落泪，每天的心情就跟坐过山车一样起起伏伏。

万幸，老南察觉出了我情绪上的不对劲，为了让我有所好转，他开始积极地带我出门会朋友。对此，我的婆婆也非常支持，她把我当成亲闺女，我的失控，她也都看在眼里。

出了几次门，心情舒畅不少，关键是意识到了一件事儿：不喂奶，真的好爽。不用忌口，不用整天坠着俩沉甸甸的胸部，不用担心涨奶造成乳腺炎，不用时时刻刻跟在孩子屁股后面。虽然偶尔还是会有不能亲喂的负罪感出现，但很快就会被惬意的感觉盖过去，“嗖”的一声消失在风中。

得益于老南和我婆婆，我彻底想通了——母爱怎么样都能伟大，管她是用奶头还是冲奶粉呢。

（四）

虽然只喂了四个月的奶，但乳房的变化依旧明显。

曾经有个粉丝给我留言：“阿瑞，羞羞地问你，生了孩子之后，胸部是不是真的会变大呀？感觉盼望很久的事终于要到来了！朋友里都没有生孩子的，又不好意思问亲戚，所以一定要找你确认一下！另外还会有什么别的变化？真的会发黑吗？这个有点头疼啊……阿瑞你给详细说说吧！一个 A CUP 的困惑备孕少女真诚地发问。”

对此，我结合感受，很认真地进行了如下回答：

其实大胸妹子们大多羡慕小胸姑娘，因为穿衣服倍儿好看，而且除非瘦到极致，否则发福丝毫都会看上去像胖了十斤。可要问起男人来，十之八九都会认为大胸迷人，这不是色情，是再正常不过的生理吸引，因为女性的美好胸部是丰满和性感的象征，总令男人的荷尔蒙喷涌如决堤，就像我们看到克里斯·埃文斯健硕的上半身就忍不住想去触碰一样。

我原来的胸部也不算小，甚至说有那么点大。当然这没什么好骄傲的，因为主要原因是人胖乎、肉多。

怀孕五个月左右的时候，胸部似乎有开始膨胀的迹象。当时老南总是想入非非：等你生完孩子，我就收获了两个宝宝，一个奶香四溢，一个奶香四溢。我白了他一眼：喏，擦擦口水。

可六个月往后，我却慢慢高兴不起来了，因为除了尺寸是令人可喜的，别的变化都让人沮丧，特别沮丧。乳晕开始扩大，颜色也慢慢地由浅及深，曾经看到有人打过这么一个比方：像是从成熟的蜜桃变成了皱巴的荔枝外壳。嗯，差不多就是如此。

你现在自称“备孕少女”，那么到那个时候，你会开始觉得，“少女”这个字眼真是要离自己越来越远了。

要说胸部的维度顶峰，大概就是开始哺乳之后，可前提是你要经历可怕的开奶。

尽管当时刚生产完的我躺在床上，有气无力得像条死狗，可当我闺女被抱到我身边时，我依旧迫不及待地想散发母性光辉，对哇哇啼哭的她献上自己胸部里的初乳，哦，这个时候或者叫乳房更贴切，装满乳汁的房子嘛。结果她是不哭了，我却开始疼得咬牙切齿，还不敢大声哀号，怕一嗓子惊着这个小小的人儿。等到她心满意足地咂着嘴睡去，我发现我的乳头皲裂了，淌着丝丝奶汁，混着血水。可我又不敢涂药，只能在每次喂奶之前做足心理建设，保证自己能通过眉头紧锁和龇牙咧嘴忍住痛苦。所以在月子前期，每每喂奶之时，我的五官都是拧巴在一块儿的，像刚吃了一片顶酸的柠檬。

初乳又叫黄金奶，不仅因为它的颜色泛黄，而且量也不多，所以除了喂养时候的疼痛，尚未有胀得难受之感。等到喂养一段时间之后，你的乳汁便开始慢慢充盈，盆满钵满之际，乳房硬得如同两块石头，轻轻一碰就各种不适。原本爱侧睡的妈妈也必须强迫自己仰睡，一来怕压着疼，二来，怕造成奶水阻塞憋出乳腺炎。

说起乳腺炎，也是个可怕的玩意儿，一旦沾上了，会发烧、会脓肿，会让你痛不欲生，让你恨不得切了这两块肉。这时候只能停止喂奶，找专业的开奶师来疏通。

说了那么多，结论是，生完孩子之后，乳房真的会变大、乳晕也真的会发黑。尺寸开始傲人的同时，一系列麻烦也会随之而来。另外，如果不好好保护乳房，等到断奶了，胸部便不再鼓胀了，不只会慢慢干瘪，还会如同两个用过的避孕套一样垂头丧气地耷拉着。所以建议在哺乳期间穿着哺乳文胸，这真的非常关键。

我们总说母亲伟大，不仅仅是因为她们怀胎十月，又要忍受宫缩和撕裂诞下生命。在孩子一系列的成长过程中，她们的付出更加值得歌颂，乳房作为工具之一，也同样让人肃然起敬。这个时候，是A还是C，都显得不那么重要了。

（五）

“你也多为自己想想。”在我产后抑郁的那段时间，老南不止一次这样对我说。

“没法儿想，因为我已经快要失去自己的人生了。”当时我如此回答。

不得不说，人要丧起来，说的话都能充满哲思。

如今我已经没那么多悲悲切切了，但我依然不会全盘否定我先前的回应，因为我确实没有自己的人生了，又或者说，我的生活当中多了另一个人，她是初升的太阳、祖国的花朵，我对她的爱、对她的责任，占据了我今后大部分的人生。

我不给“男人”这个群体下任何定义，但是根据切身与周围情况来看，他们跟小孩可能真的不怎么对付。

就拿我们家来说吧，由于白天婆婆给我和孩子做饭很辛苦，晚饭过后我和老南通常都会让她赶紧休息，好好看会儿红色抗日剧，孩子和家务就交给我们俩。

“你选，刷碗加洗衣服，看着孩子直到她睡着，你选一个。”我非常大度地男士优先。

“这种问题下次不要再问我了，我当然是家务。”老南叼着烟起身去阳台，“碗和衣服你放着，我抽根烟回来就干。”

婆婆坐在沙发上朝他行了个注目礼，然后扭头和我来了个激情对视，面带微笑与骄傲。因为那个时候我俩都觉得老南揽下所有家务，是一种疼媳妇儿的表现。

他任劳任怨地做着苦劳力，搞得我倒有些坐不住了。

“今天你就看着孩子吧，最近她穿得厚，衣服不好洗，你放着我来洗。”某天我采取主动。

“不不不，没事，不要你洗。”老南一口拒绝。

我猜到会这样，也不再征求他的意见，夺过盆顺势霸占了卫生间。

“你干什么？你出来！”他怒吼。

“我不。”我打开水，往盆里按了两下洗衣液的泵头。

他拿我没辙，只能乖乖坦白地说：“求求你让我干活儿吧！我我我，我不要看孩子！我讨厌看孩子！”

原来不是为了你媳妇儿我啊！我一下子失落了。

“为什么？”我关上水龙头撂下手里的衣服，脸朝厕所门厉声地问。

“那你先去看着孩子呗，我把衣服洗完。”他的气势一下子弱了。

夜深人静波万在小床上呼呼大睡的时候，我和老南开始了一场气音交流。

“说说吧。”我起头。

“说啥？”他装蒜。

“为什么讨厌看孩子？”

“哦……这个嘛，其实道理特别浅显易懂，因为无论我干什么，给她念故事也好，跟她唠叨也好，她都不能够给我反馈，这会让我觉得没意义。”

这个理由很充分，因为我也是这么想的。

你们是没见过我和老南逗孩子的样子，活脱脱两个手舞足蹈的大傻子，反观波万，一脸冷漠，偶尔配合地笑两下，算是打发我们了。

而且小孩子，真的是一个非常暴力的物种。如果你抱她的时候架着眼镜，那完蛋了，小手一挥直接给你拍喽；耳环，更不行，没给你拽出血算你命好。如果把配饰都脱干净呢？你还有头发呀朋友，给你薅成裘千尺信不信？

本来老南怀着一腔热情打算做一名有爱的奶爸，总在我头发被薅嗷嗷直叫时嗤之以鼻。

某次，他实在是看不过眼了，一把抱过闺女：“我来！”

我松口气，捋捋头发，去厨房刷碗。

结果听到屋里的动静是这样的：“宝宝乖乖，爸爸是板寸哎，你薅不着吧？嘿嘿……啊啊啊啊啊啊啊啊啊啊啊，别捅胳肢窝啊！腋毛腋毛，疼疼疼，你个小王八犊子赶紧撒手！”

没一会儿，他抱着孩子面色铁青地走出房间：“还你。”

打那起，老南一蹶不振。

“讲不了道理的小孩子都是恶魔。”他时常把这句话挂在嘴边。

但在我眼里，小孩子其实一半是恶魔，一半是天使。他们固然有“顽劣”的地方，源于对世界的好奇以及对自己的力量没办法很好掌握，但他们可爱起来能让人忘了烦恼，满脑子的粉红泡泡。

波万也是这样，她还更加具有谐星潜质。

她会在睡觉的时候放屁把自己崩醒，然后号啕大哭；她会在打完嗝之后假笑两声以此掩饰自己的尴尬；她会像谢耳朵一样反射弧超长，在大家哄笑之后再喘着粗气跟着乐一乐……

而且仔细一想，她已经足够好带了。从小到大就独立睡小床，不需要抱着哄，一个安抚奶嘴一块安抚巾足以让她安然入梦；健健康康，胖墩墩，头发多，皮肤好，没发过湿疹，没结过乳痂；个性独立，不那么依赖大人，给两个小皮球就能自己坐在床上研究半天……

总之，她在我心里是世界上最可爱的生物，现在是，以后也是。

Part 08

和摩羯座婆婆朝夕相处的日常

（一）

老南第一次带我回家，是大三的暑假。

那个时候我们已经处了整一年，基本上认定对方就是结婚对象没跑儿了，于是老南就提出了带我回去见父母的想法。

抵达莱山机场之后，我非常忐忑，山东的公婆是什么样儿的，脑子里完全没有概念，但毕竟这儿是“孔孟之乡，礼仪之邦”，一定礼数特别多吧，我站在摆渡车上，心里一通乱猜。

“有什么注意事项，你先跟我讲讲。”我推了推一边正埋头玩游戏的老南。

“嗯？”老南抬头看了我一眼，反应过来之后重重地叹了口气，“哎哟，算我求你了，你从昨天开始就不停地嘚啵嘚、嘚啵嘚的，我都说没什么了。”

“南北肯定有差距，你好好想想。”

“还是昨天的回答，我爸那儿没啥事儿，我妈呢，人很好，就是比较传统，你装得勤快点就行了。”他继续低下头，“要是硬要说个注意事项，就是我妈这人性格比较耿直，很多事情你别和她计较。”

取完行李箱，我跟着老南往出口走，远远就望见了一个胖胖的妇女憨态可掬地朝我们挥手。

看着还挺亲切的，一定非常好相处。我不停地安慰自己，决定采取主动，于是快速踩了几个小碎步，径直走向她：“阿姨，您好。”

胖胖的妇女见我这么有礼貌，非常高兴：“你好，大姑娘，住宿吗？”然后一咧嘴，朝我亮出了手上的旅馆广告牌。

“喂，你干什么呢？”

我一回头，老南在身后叫我，旁边站着一个高高瘦瘦的妇人和一个矮墩墩的大叔。

妈呀，乌龙了。

我涨红着脸“嗒嗒嗒嗒”地小跑到老南身边，瞪他一眼，在接收到他回瞪的信号之后，轻声轻气地打了个招呼：“叔……叔叔好，阿姨好！”

“你好，你好。”他俩笑容满面地看着我，异口同声地回答。

我向来嘴笨，一时不知道该说些什么，只能对着公婆傻笑。老南见状，立刻打起圆场：“行了，都别站着了，开车来的吧？那咱往停车场走吧，然后去市区吃点东西。”

烟台真是个漂亮的城市。我坐在车上，隔着玻璃看着快速路过的风景，忍不住在心中赞叹。要不干脆把这个想法说出来，一来展开聊天话题，二来也算拍拍马屁吧。于是我调整了一下情绪，组织了一下语句：“哇，我觉……”

“孙会计，晚上吃什么呀？”老南丝毫没有察觉到我想做话题主持人的心思，抢先一步开始唠起来。因为婆婆以前是做会计的，所以老南有时候会叫她“孙会计”。

“饺子啊，那还用说嘛。想妈包的三鲜饺子了吧？”婆婆坐在副驾驶，脸朝前，说的话却清晰又大声地传进了我的耳朵，真是中气十足。

“那当然了，在学校吃的都是些什么糟烂玩意儿。”

“小范儿喜欢吃饺子吗？”婆婆又问。

“啊！非常喜欢！”我赶忙回答。

“她基本上没有不喜欢吃的东西。”说完，老南挑衅地瞟了我一眼。

“滚……”本想接句脏话，突然意识到公婆都在，立刻语气一软，“当然啦——我也有很多不喜欢吃的东西，比如说香菇啥的……”

“哟，香菇可是个好东西……”婆婆惋惜地说，“那茴香吃吗？”

“茴香？是那个五角星一样的东西吗？”

“那是香料，我说的是新鲜茴香，绿色的。”

“哦……我们那儿没有，我没吃过。”

“那一会儿去饭店点盆儿茴香饺子，你尝尝。”

于是在那天中午，我新增了一项人生成就——吃到新鲜茴香，也激活了一个特殊事件——吃完两个茴香饺子之后严重不适，假借去厕所之名疯狂地呕吐。

“怎么样，茴香饺子好吃吧！”我从厕所回来，刚坐定，就听到了婆婆的发问。

“还……还可以。”我忍着喉咙口的酸水味回答。

才不要给她一种挑剔上海人的感觉呢，我心想。

“来来来，那就多吃点。”我婆婆举起盘子就要往我这儿拨拉饺子。

“阿姨阿姨，我够了我够了，饱了，真的饱了……”我立刻推开盘子，庆幸饺子上得晚，否则就不能用“吃饱”作为借口了。

“嗨，这几个饺子不占地儿。”婆婆没有理会我，在我左推右阻之下，还是拨了三个饺子给我，“你们上海没有，就在这儿多吃点。”

“呃……好吧。”我看着盘里的三个饺子，心里直害愁，下筷如龟速。

“妈，我看吃得差不多了，你先去结账吧。”老南看不下去了，决定救我脱离苦海。

“行，范儿你慢慢吃，不要着急。”婆婆从包里掏出钱包，起身离桌。

婆婆走了没多久，老南又一拍脑袋：“哎，爸，你去跟妈说一声，拿俩打包盒吧。你看这么多剩菜，你们点得也忒多了。”

“让服务员拿吧。”公公朝周围张望了一下，想摆手叫服务员过来。

“这不是打包盒还要付钱吗，你去和孙会计说一声加俩饭盒钱。”老南立刻阻止。

“哦，对。”我公公也没细琢磨，站起来就往收银台走。

然后说时迟那时快，老南夹起我盘里的水饺就往自个儿嘴里塞，“吧嗒吧嗒”一阵咀嚼。

我感动得简直快哭了，歪头看着老南，眼神闪烁又含情脉脉。

“你啊……”老南嘴里塞满了东西，说话含糊不清，“跟……妈……啥……”

“哎呀，你慢点说话。”我往他的杯子里加了点水。

他喝了口水，艰难地吞咽一下，舒了口气：“我是说，你啊，跟我妈有啥说啥，别觉得不好意思。不喜欢就是不喜欢，不吃就是不吃，不用勉强自己的。”

“那是你妈不是我妈，你可以……啊，他们回来了。”话还没说完，我看到两个身影朝这边走来，立刻闭上了嘴，在心里把这句话补充完整：那是你妈不是我妈，你可以跟她任性，但我不行。

结果，和我婆婆相处了一段时间之后，我发现老南说得确实不假，我婆婆那笔直的性子啊，和她客气就是自讨苦吃。

比如之后好多次我都强忍着呕吐感咽下了茴香饺子，就因为第一次没有推诿，加之上海很少有卖茴香的地方，我婆婆逮着机会就给我包。

“阿姨，那什么，其实您不用每回我来烟台的时候都给我包茴香饺子的，怪累的。”在第九次尝试习惯茴香味儿失败的时候，我斗胆，想向婆婆委婉地挑明真相。

“嗨，不就包个饺子吗，有什么累的。你难得来一趟，你们那儿又没有卖茴香的，都是应该的。”我婆婆拍打着盖帘，头也不抬地说。

“其实……呃……”我吞吞吐吐，不知道该怎么起头。

婆婆扭头看看我，手上的活儿依旧没停下：“范儿啊，有什么话就直说，跟我这人在一块儿的时候别想太多，有啥说啥，知道吗？”

“哦……”我应了一声，咬咬下嘴唇，慢悠悠地说，“其实……其实我吧，受不了茴香那味儿。”

我婆婆突然停住了正在进行的重复动作。完了，一定是不高兴了，我绷住嘴，开始思考一会儿该怎么哄她。

“就这事儿？”我婆婆回过头问。

我点点头。

她“扑哧”一声笑了出来：“哎哟我的天，那你咋不早说呢！”

“这不是，不好意思吗，怕您不高兴……”

“哎呀，你这个孩子。”婆婆把盖帘往柜子上一靠，转过身来，“本来就是萝卜青菜各有所爱，我不高兴什么不高兴，你也把我想得太可怕了。”

老实说，要是单看我婆婆的长相，大多数人都会认为她是个不苟言笑的强势女人，凹陷的眼窝、高挺的鼻梁、瘦削的脸架子，一举一动都透出一股子男人的硬派，气场很强。但接触下来，她其实是一个非常传统的北方妇女，一切都在为丈夫和孩子着想，包揽所有家务，还为家里的两个男人打点好一切，准备周全。而且她不是爱耍心眼的人，喜怒特别形于色，笑声如杠铃，能把地板都砸出窟窿眼儿，和她相处真的不费劲。

唯一对我来说有些挑战的地方，就是思想上的代沟。婆婆觉得女人应该持家，应该勤劳，所以每次去烟台，我都没有懒觉可睡，一大早就会陪着她逛菜场、超市，回家之后像个理发店学徒一样站在她身边看她做菜，学手法，学步骤，牢记一切厨房小贴士。她也就见面第一天把我当客人，什么活儿都不让我沾手，第二天，扫帚、抹布就被塞到我手里，学会擀饺子皮还成了一项硬性指标。

我虽然性格乖巧，脾气倍儿好，但毕竟也算是个被父母宠坏的独生子女，在家我妈很少差我干活，通常都是等我自己良心发现，我婆婆可不会给我这样的时间。

“范儿，今天你别跟我去买菜了。你在家呀，把桌子椅子擦了，把地拖了。”婆婆嘱咐我一句，然后转身出门。

老南家不算小，至少比我在上海的娘家大多了，光客房就有两间，和老南结婚前去烟台，我就住着其中固定的一间。

我拿着抹布环视一下四周，身未动心已累，于是没好气地走进老南的卧室，推了推还在床上张着嘴睡大觉的老南：“给我起来！”

老南咂了咂嘴，挠了挠护心肉，清醒了半分钟之后，起床气旋即喷涌而出：“干吗呀！”

“凭什么你还能睡觉我就得老早地起来干活儿呀，啊？”

“哎呀，偶尔的嘛……”他蒙上被子又想转身睡过去。

“你起来！”我如同姑获鸟一样“嗖——”地掀开被子。

“我不！”

于是我们俩扯了半天被子，尽管他用腿奋力地夹着，但终究敌不过我满腔怒火带来的巨大神力。

“行了行了行了……我起来，我起来……”老南伸了个懒腰，一下子起来了，烦躁地抓抓头发，不满地朝我抬起下巴，“满意了吧？”

“你好歹帮我干点活呗。”我屁股一撅，坐到了床上。

“哈啊——”他像驴一样打了个哈欠，“我拒绝。”

“Why？”

“No Why。”

“Why no why？”

“别在这儿跟我绕。我妈让你干活儿，又没让我干活。”老南伸手拿起了床头柜上的手机，横着屏幕玩了起来。

“不是，合着我来你家就是来干活儿的呀？”

“这话我可就不爱听了啊。”老南依然死死盯着屏幕，“我妈这是没把你当外人，说明她喜欢你，也认可你是她儿媳妇儿了。”

“嗨哟，那她怎么就那么放任你呢？这种双标我可不接受。”

“因为她习惯我了，拿我没辙。而且啊，她觉得女人多做点家务活儿是应该的，”老南垂下手看着我，把手机搁到了胖胖的肚子上，“但这不代表我妈不是个好婆婆。”

当时我受鸡汤文化荼毒很深，觉得男人如果老是爱帮着自个儿妈说话，那必定是不怎么爱你的，于是没有吭声，默默地把活儿干了，但心里犯着嘀咕，自己要是过了这个南家门儿会不会受气？

结果第二天这个念头就被打消了。

那天早晨，我发烧了。

“范儿，这都几点了，该起床了吧？”婆婆敲敲我房间的门。

我张了张嘴，但是发不出任何声音，又头昏脑涨，于是选择忽略她，赖在床上一动不动。

很快，我就听到她离开的脚步声。

一会儿，老南直接开门走了进来。

“你怎么还不起来？我妈又觉得自己不方便进你房间，只能来找我了。”我睁开眼，发现他紧贴床边站着，两个硕大的鼻孔一张一弛。

“我好像，发烧了……”我指了指额头，虚弱地说。

“哟，还真有点烫。”老南用手捂了捂我的额头，皱皱眉，然后扯着嗓子叫了一声，“孙会计！”

婆婆闻声赶来，也搭了搭我的额头：“嗯，估计能有 38 摄氏度了。”

“别估计啊，我还是去拿体温计吧，咱家体温计搁哪儿呢？”

“我房间床头柜第一层。”

“知道了。”老南立刻小跑出房间。

婆婆又摸摸我的脸颊，捏捏我的手，神色严肃：“哎呀……嗓子疼吗？”

我点点头。

“看来还得吃点儿消炎药，咱家的消炎药也不知道还有没有……”她看着地板自言自语几句，突然嗓门儿一提，叫起了老南的小名，“康康！康康！客厅电视柜里有个药箱，你顺道一起拿过来！”

测完体温，38.3 摄氏度。

“康康。”婆婆用酒精棉擦拭着体温计，“你们昨天晚上去哪儿了？”

“就去海边转了转，也没多久啊。”

“哎呀，晚上有海风，你们都穿着短袖肯定冷，应该让范儿披件衣服。我不好，没提醒你们。”婆婆似乎有些自责。

“阿姨，我没事儿……”我轻轻地逞强了一句。

“怎么会没事儿，你先睡会儿，听话。”她的音量降了下来，语调温柔很多，“康康，你陪着，少玩手机，好好陪！”

目送婆婆离开房间之后，我的心跟着体温一起滚烫了起来。真是个严厉又和蔼的人，我这么想着，慢慢睡了过去。

“康康，你扶范儿起来，先把药吃了再睡。”不知道睡了多久，迷迷糊糊之中，我听到婆婆在说话。

很快，一只胳膊挤进了床垫，衬着我的后背慢慢地把我托了起来。我睁开眼，发现自己靠在老南的肩上。

“我妈给你买了药，吃点吧。”他摊开手心。

我小心地抓起药丸，又抬头看了看，发现婆婆正弯着眼，笑眯眯地端着一盆西瓜："我把西瓜搁床头柜上，你想吃就吃，喏，都是你的。"

人也太好了，我在心里呜呜哭了两声。

后来的很多事，都让我意识到老南所言不虚，我婆婆确实是一个非常不错的人，而且特别有意思。

有一回，我在客厅的旮旯里发现了一个手工坐垫，是个红色爱心的样子，上头用黄线绣了几个大字：老公，我爱你。我以"老伯伯看手机 .jpg"的神态盯着看了一会儿，断案了，应该是老南前女友的作品。

"范儿，你去把韭菜择……"婆婆从厨房走出来，看到我手中的垫子，怔了怔，直接把剩下的话咽了下去。

我一时也不知道说啥好，捏紧了这颗滚烫的爱心盯着她看。

我们俩对视三秒后，婆婆把湿手往围裙上摸了摸，趁我还在发愣，抢先出击，大步向我走来，一把抢走了坐垫："嗨，康康奶奶做的，我觉得做得还不错就留下了。这都积灰了，你就别碰了。"

我眨了眨眼睛，明白过来，心里已经笑疯了，但还是艰难地维持风平浪静："行，择韭菜是吧，这就去。"

"记得洗手啊！"她拿着坐垫走进了自己的卧室。

我憋笑择着菜，又打心眼里高兴，婆婆真是粗中有细的一个人，看上去虽然性子豪爽，但其实很顾虑我的想法，我能感觉出来她对我的好，知道做她的媳妇儿不会吃亏。

虽然最后韭菜没有择干净又被她数落了一顿。

没事儿，尽管她在家务活儿和对外人的礼数上对我要求颇高，但毕竟我和老南把家安在了上海，和婆婆一年见面的天数扳扳手指不过二十来天，装个短时间的贤妻也不是特别难，忍忍就过去了。

我当时那么想着，完全没料到结婚的第二年，我就开始和她朝夕相处了。

（二）

“我爸妈还没到退休年龄，明年初孩子就要生了，坐月子的时候总要有人照顾，要不然我们就请个月嫂吧，贵点就贵点了。”怀孕带来的惊喜消退得差不多之后，我和老南开始盘算起未来。

“月嫂不是不可以，但是家里住个外人我总是不太习惯。”老南提出顾虑，让我也觉得这个方案不太妥当。

我们俩又冥想了一会儿，老南开口道：“这样，我让我妈来吧。”

这个选项其实在我心里出现过，但是很快被我否定了，婆婆和媳妇的最佳相处模式就是距离产生美，大家离得远一些还能保持和和气气，走得近就不好说了。

“你别顾虑太多，先让她过来，到时候再看情况，要是大家都不适应或者开始有矛盾了的话，就让她回去，反正她本来也待不长，我爸和家里的两条狗她也放不下。”

于是，婆婆在离预产期还有两个星期的时候来到了上海。

当天，她与我爹妈进行了亲切友好的会谈，高度赞扬了他们对老南的照顾，并表示自己一定会好好照顾我。于是，我和婆婆同处一室的生活开始了。

从我挺着大肚子到孩子三个月大的这段时间里，她几乎什么事儿都不让我干，连裤头都抢着帮我洗。我很不好意思，但又争不过她，只能像唐僧一样跟在她身边念叨：“请您放下执念，放下裤头。”

“嗨，你这不是不方便吗，别跟我客气，我最烦别人跟我客气了！”她在淋浴池旁边蹲下，撸起两边的袖管，“等我以后老了不方便的时候，我就得靠你了，现在我还干得动，你就别啰唆了！”

我拗不过她，只能说服自己心安理得地享受被优待的乐趣。

和婆婆相处至今，我和她基本没有出现过什么矛盾，可以说非常融洽，按她的话说，就是“生古得很好”，而且我们很快发现了一个彼此共同的爱好：黑老南。

这事儿是我先起的头。

“妈，你看看康康这肚子，一天比一天大，之前我和他出门，别人都分不清到底是我怀孕了还是他怀孕了。”某天中午，我开始和婆婆吐槽。

“最近健身房也不去了吧，他。”婆婆问。

“不去了，他说太冷，不爱动。”

“哼。”婆婆斜着嘴发出一记轻蔑之声，“这号人，办什么健身卡，浪费钱。”

“妈，他小时候就这么胖吗？”

“我看是初中开始胖的吧。”婆婆剥着花生，微微扬了扬头，“嗯，差不多那个时候吧，主要是饭量突飞猛进了。”

“这样啊，我还以为是遗传呢。”

“或多或少也有点，你看看你公公，也是胖个肚子。还好身高随我，长了个大高个儿。”婆婆得意地说。

“他脑瓜子好使，看来也是随您吧？”我决定趁热打铁继续赞美。

“也不能完全这么说，不过这孩子小时候确实很聪明，小小年纪就会赊账了。”婆婆往嘴里塞了粒花生米。

“哟嗬，挺能啊，怎么回事儿，说说呗。”我也饶有兴致地剥起了花生，准备挖一挖老南的陈年往事。

“那会儿他上小学，我每天只给他一个来回路费，但小孩子嘛，总是嘴馋想要买零食，怎么办呢，他就到小区的小卖部去买，跟人家说钱找孙女士去要，因为他知道那个小卖部的老板认识我。”

“后来呢，后来呢？”我跷起二郎腿手捧花生米，把姿势调整成标准的吃瓜模式。

“后来就是，我把钱还了，把他揍了一顿。”

“噗！”我乐不可支，嘴里喷出了几片红色的花生衣，“妈，还有啥好玩的事儿啊？”

婆婆打开话匣子之后也有些上头了，滔滔不绝起来：“好玩的事儿那可多了去了，他小时候跟着我们去农村，有天晚上突然人不见了，我们着急地找了半天，你猜最后他在哪儿？”

“哪儿啊？”

“驴棚！他在驴棚睡着了，我们发现他的时候他整个人还很迷糊，摸着驴的……嗯……”婆婆突然卡壳了，用指尖戳着嘴唇，好像接下来要说的话非常难以启齿。

“驴的……什么？”

“嗯，驴的……就是驴的那玩意嘛……”婆婆小声地说出这个让她觉得颇为尴尬的词儿，也忍不住发笑，“然后抓着在那儿扯，边扯边叫妈妈。小孩叫妈妈在我们那儿就是饿了要喝奶的意思。”

驴可真是太惨了！我把脸埋进臂弯趴在桌上爆笑，另一只手猛捶台面，都快把台面砸穿了。

“他小时候可淘了，放个鞭炮把手崩了，哭着跑回家说自己再也吃不了饭了……还有，把小指头插进插座，然后手指头黑了……”婆婆笑着回忆，“哎呀，我就不能离开片刻，否则准出点什么事儿！所以你们以后一定要小心看着茜茜，小孩子能走能跳的时候最危险了。”

我忽略了婆婆之后的教诲，满心想着拿自己手里的料气一气老南，于是给他发去了消息：“你小时候怎么还赊账呢！”

“关你屁事。”他简明扼要地回了四个字。

然而这并不能让我死心：“听说你放鞭把手崩了！”

“……”

“听说你把手指插插座里，然后手指就黑了！”

“怪不得都说不能让婆婆和媳妇儿住在一起，我算是明白了。”老南突然大彻大悟。

但后来他告诉我，我的耍弄其实并不让他恼火，更多的是高兴，毕竟自己的妈和自己的媳妇儿能站在同一战线，是多么不容易的一件事情啊。

（三）

但在同一屋檐下，摩擦总是不可避免的。

主要的矛盾点，就是育儿。

作为一个过来人，她多多少少有些自己的育儿理念。

觉得尿不湿不好，一开始不接受安抚奶嘴，给孩子穿得特别厚，动辄觉得娃儿缺钙，想给孩子把屎把尿……基本上，是比较传统的育儿做派。

我和老南毕竟没有经验，为了更加科学地育儿，买了很多书，每天认真翻看。

“理论派。”婆婆对此有些不屑。

虽然平时相处和睦，但在育儿问题上，我也不是没和她红过脸。

“妈，现在的儿科医生都不提倡把屎把尿了。”

“嗬，你知道康康很小的时候就不用尿布了，为什么？因为我很早就把了。”婆婆颇为得意。

“你看看这些专家说的呢。”我翻出几个育儿专家的微博，把手机放到她面前，“说这样不太好。”

“他们带过孩子吗？”我婆婆把我的手拨开，“你看小区里那几个孩子，多大了还吊着个尿不湿，爷爷奶奶说了，还是控制不住，想尿就尿。我想想……这都快两岁了吧！”

“咱可以买个小孩训练厕所，你看，上面也有。”我再一次拿着手机凑过去。

“行吧。”婆婆仍然没有抬眼，“你要觉得好就好，不用跟我商量。我就是来帮你们的，主要还是你们拿主意。需要我呢，我就留在这儿；不需要我呢，我就回烟台。”

这话里还是赌着气呢。

倒也不难理解，长辈总是好面子，自己的观点被驳了，总不会太高兴。好在我婆婆并不是不讲道理的人，她心里非常明确一点：在养孩子的问题上，她永远是来帮我们搭把手的。所以只要我有足够的证据和理论能够说服她，她最后都会妥协。

而且更为重要的是，她不记仇，说开之后，日子照过，热络依旧。

虽然是个摩羯座，但性格上似乎更像个白羊呢。

她已经可以称得上是非常好的婆婆了。我见识过不少紧张的婆媳关系，要摊上个倚老卖老又不讲道理的婆婆，每天都会头大的。

话又说回来了，不管婆婆人有多好，该有的尊重一定不能少。在照看孩子的问题上，如果不是原则性的问题，能让一让就让一让。平时呢，嘴巴多抹抹蜜，我始终觉得，长辈来帮着照看孩子，不是他们的义务。他们完全可以什么屁事儿都不管，优哉游哉地看看电视、喝喝茶、打打麻将、跳跳舞，但结果，他们还是选择了来帮忙。虽然这也算是一种天伦之乐，可带过孩子的都知道，这绝对是个体力活儿。何况我婆婆是撂下烟台的家来到了上海，老伴儿不在，朋友不在，生活圈子彻底不同了，对一个上了年纪的人来说，做出的牺牲其实不小。

所以怎么样对她好，真的都不为过。

我其实没有做得很好，依旧有待提高。

（四）

另一个争吵点有些奇葩，大都是从别人家的事儿引申开来的。

婆婆是一名家庭主妇，有一副好嗓子，在丈夫上班儿子上学之后闲在家里没什么事做，就发挥余热加入了文艺团，还光荣地成了一名义工，到处上敬老院和困难家庭慰问表演。

“我见过的事儿可不少。”婆婆嘬了口热茶，慢悠悠地说。

“您说说呢？”我见她表达欲强烈，在她身边坐了下来。

“之前我们义工去过一户困难家庭，哎呀，那一家三口真的是多灾多难。”婆婆捧着茶杯，语重心沉地说，“先是老头出车祸，瘫痪了，然后他老伴儿被查出来癌症，现在每天化疗，还得回家照顾老头儿，挺苦的。”

“那是不容易，那孩子呢？”

“孩子挺争气的，之前在北京一个外企搞电脑，好像是个程序员吧，收入不错，人也孝顺，家里接二连三出了这些个大事儿，也就不能在北京待了，辞了职回家，把积蓄全用来给他妈妈治病了。”

“是个好儿子。”

“他儿子的对象人也好，拿出自己的一点积蓄，也帮着他们家一起渡过难关。”

“那很好啊，没听出有什么奇葩的地方。”我觉得没多大意思，打算起身进屋，看看闺女醒没醒。

“哎呀，坏就坏在这个姑娘吧，身体不好，似乎没办法生孩子。儿子一早就知道这事儿，也表示不在乎，但是现在他爹妈病的病、残的残，觉得也没多少年活头儿了，每天都让儿子快点结婚生孩子，好让他们在有生之年能抱到孙子。儿子老实，见瞒不住了，就一五一十地全交代了。”

“不生孩子就不生呗。”我又一屁股坐下了，“姑娘好就行，要搁别的女孩儿，没准儿看到男方家里这种情况，早跑了。”

“哎呀，知道夫妻俩过日子总是要有个孩子，所以呢，他爸妈就不同意他俩结婚，劝他换个对象，自个儿还到处打听，想给他安排相亲。”

“嘁。”我最听不得这样的故事，一脸不屑，“果然啊，可怜之人必有可恨之处。”

“唉，你这孩子，怎么这么说话呢！”我婆婆不太爱在人后嘀嘀咕咕，所以对我的说辞有些反感。

“行，我收回。”在婆婆面前，我多少还是有点敬畏之心的，

“但是人家本来好好的，姑娘人也很好，结果当父母的就因为自己自私的想法棒打鸳鸯，这也太气人了。”

“哎呀，老人也是为了儿子好，你说一个家里哪能没个孩子。”

我每次听到这样的观点就会一阵眩晕，因为我曾经被诊断为难以怀孕，也一度担心自己会因此和老南缘尽，但是在内心百转千回之后，我想通了一件事，那就是婚姻模式是由夫妻二人共同决定的，跟其他任何人都无关。所以婚后生活如何经营，要不要孩子、养不养宠物、财务分配、责任分工，别人都不该指手画脚，两个人商量好并且都认真执行，才能让婚姻稳固、长久。

而且，虽然现世结婚的理由五花八门，但最原始的根基应该是爱情啊。

“妈，现在不要孩子的人多了去了，都是自己的一种选择，没有对错的。”从自己的婆婆口中听到这样的话，我有些窝火，也没想太多就抛出了自己的观点，“那二老是挺不幸的，但这事儿做得纯属就是自私。”

“怎么就自私了，哪个老人不盼着享受天伦之乐，不盼着子孙绕膝啊，我看不要孩子的小两口才是自私。”我婆婆瞪着眼睛反驳道。

“人本来就是自私的啊。活这一辈子，开心最重要，凡事都按照自己的意愿选择，气才能顺喽。”我固执地想要说服婆婆，“家长归根结底还是希望看到孩子活得自在，对吧，妈？”

“那也不能由着孩子的性子，比如说茜茜以后要是不结婚，你不着急啊？”婆婆话锋一转，把假设套在我闺女头上。

第二轮关于结不结婚的辩论开始了。

“不着急，一切由她自己做决定。”

“你说是这么说，到时候一准儿帮她到处打听，可能还会去你们上海那个人民公园相亲角咧！”婆婆露出了一个调皮的笑容。

“妈，我之前也说了，每个人都有各自的轨迹，都有各自的决定，只要她不做违法乱纪伤害别人和自己的事情，对我来说就足够了，别的事儿，自己看着办。”我极度认真地回答了这个问题。

“那我告诉你，很多事情要是都由着她，她将来很可能会后悔，然后怪你当初为什么不逼着她做。”

“那是她自己的事，我负责告诉她我的经验，但是她听不听可就不关我的事了。”我越讲越激动，声音也越放越大，“况且世上很多事情没有对错，我怎么能给她规定哪些事情是必须做的呢？”

“嘘！轻点！也不怕吵着孩子！”婆婆收敛起笑容低声说道，“看看去。”

我蹑手蹑脚地打开房间门，小崽子还睡得香甜。

“我就这么说吧，不结婚，将来肯定会后悔的。你想想，一个人孤孤单单的，老无所依，身体也越来越不利索，这时候身边没个人能行吗？”婆婆见我回到原座，接着刚才的话题继续表态。

“我周围有很多优秀的人都没有结婚，这种事情，还是看自己吧，有些人就愿意孑然一身，落个清静也说不定呢。”我朝婆婆耸了耸肩。

“做家长的，一定要起正面的引导作用。别什么事情都跟没事儿人似的，那叫不负责任。”婆婆脸色微微有些难看。

我的固执劲儿上来了一下子也收不回去，于是没顾上婆婆的感受，继续说个不停：“这世上的事儿啊，没有那么多正反，大部分是中立的，像永远躺不平的硬币。”

“那我这么跟你说吧，当初康康大学想考传媒专业，被我否定了，让他去选工科，你看，现在稳定吧？”

第三轮来了，大方向是孩子的就业问题。

“妈，你知道康康并不喜欢工科，他文学底子好，为人感性，不太愿意跟一板一眼的公式打交道。”

老南不止一次和我说过，他当时的第一选择是医学院，第二个想去的专业是传媒。但是由于我婆婆认为工科就业更加方便，提出了反对，老南不想和她过多争执，硬着头皮选择了仪器自动化。

“不喜欢又怎么样，不喜欢的东西能让他吃上饭，那就是好东西。他喜欢传媒，跑去当记者，记者那是人干的活儿吗？”我婆婆对我的话不以为然，在他眼里，我和老南都是不谙世事、任意妄为的小鬼头。

很多家长对于子女，也都是这样的态度。

“传媒也不一定非要当记者，传媒的就业面很广。”我辩解道，然后说出了至今让我非常后悔的一句话，“妈，社会上的东西都在不停变化，是，原来是工程师比较吃香，后来呢，变成了 IT 挣钱，但现在完全不是这么回事了。你说你早早地辞职了，很多事情都不知道了，你凭什么替康康决定学什么、干哪行呢？”

我自以为是地以为占足了道理，换来的是婆婆的沉默。

老南知道这件事情之后，只是叹了口气：“没有完美的人。有些地方你也做得不好，比如懒惰、拖沓、贪玩，我妈知道家里就你一个孩子，你从小也没吃过什么苦头，所以愿意包容。那么，同样的道理，你可以想一想我妈，或者说她那一辈的人，一直以来都是怎么过来的，很多做法你就能理解了。我原来心里也过不去，但现在，虽然面儿上没说，但早就跟她和解了。”

经历确实能让人成长，尽管和婆婆的这段对话只是一件非常微不足道的小事，但倒是让我想明白了不少，也反省了不少。任何事情的成因和结果都太复杂了，会牵扯到无数层面，也会给每个人带来不同的想法，况且我和婆婆经历了完完全全不同的两个时代，尽管我们都想为彼此考虑，但根本站不到对方的立场上去，经历差异太大，感同身受太难，最好的做法就是各自保留意见，谁都不去说服谁。虽然我嘴上说世间的事情没有对错，但事实上，自己依然还是在与人争辩孰是孰非，也足够可笑了。

婆婆沉默了一阵之后，像个没事儿人一样摸摸索索干活儿去了。

我心里一阵慌，想来想去，还是在晚上找了个机会向她道歉。

“妈，我今天中午话说重了，您……您别往心里去啊！”我不安地掰着手指头。

“嗨，我怎么会往心里去呢。我把你当亲闺女，也知道你把我当亲妈，娘儿俩之间，不管说什么重话都不会走心的。”婆婆真诚地笑着，又轻轻拍了拍我放在膝盖上的手，“不过你这孩子啊，脾气那么好，没想到倔起来一百头驴也拉不回来。”

“对！她就是头倔驴！”老南朝我好一通龇牙咧嘴。

我和婆婆见他这副滑稽样，都笑了。

（五）

倔驴的奓毛不会一下子被顺平，我有时依然会跟我婆婆争一些有的没的，但庆幸的是，这影响不了我们之间的感情。

很多人问起婆媳相处之道，我的回答只有一个：“我们俩都有好运道。”

先说说我吧。我自认还是个比较孝顺的儿媳，不管是吃的还是用的，只要在力所能及的范围里，婆婆想要什么一定会积极踊跃地买买买。而且得益于我妈是个馋鬼，我从小到大都有个习惯，就是每回出门一定会买些糕点饮料带回家，好让我妈看电视时嘴巴不寂寞。这一习惯自然沿袭到了我婆婆身上，她是个节俭的妇女，只舍得买路边小店里的饼干蛋糕，所以每当我拎着一袋袋包装精致的零食点心回家时，她虽然表面责怪我乱花钱，但又掩饰不住心里早就美开花了的本质，满脸喜滋滋的。

孝顺还体现在，我能够尽可能地为她考虑，并且毫不掩饰地向她表达，我会打点好她回家要带的礼物，看到适合她的衣裤会立刻买下来，手上的工作干完了就把能做的家务全都包揽了，在她和老南拌嘴的时候一定帮着她说话，茶余饭后尽量抽出时间和她聊天逗乐，闲话家常。我离标准的贤妻良母、好儿媳差得很远，但我有我的方式，另辟蹊径，让婆婆觉得高兴。

所以婆婆遇到我这样的儿媳妇儿，运气真的不算差。

不过更为幸运的其实是我。

婆媳之间的糟烂事儿自古以来就很多，小时候学《焦仲卿妻》的时候，就对婆婆这个角色没什么好印象，有一阵子相亲和家庭纠纷类的节目风靡，更是见到了不少反面教材。但我婆婆，完全没有婆婆架子，跟我说的话比跟她儿子说的还多。她非常懂得体恤，要是看到我在忙，一定不让我干活儿。而且她真的在把我当亲闺女一样对待，不要心眼，直截了当，我想吃什么，多远的路都会去买，多麻烦的工序都会去做。老南常常佯装吃醋地说：“看来现在你俩穿一条裤子了。”

原本还会对她责备我哪个地方没做好耿耿于怀，现在不会了。

原本还会对老南为她辩解闷闷不乐，现在也不会了。

原本还会想着让她早些回烟台，现在希望她能待得久一些。

想多尝尝她包的饺子，也想多对她尽尽孝心。

图书在版编目（CIP）数据

你是我恰巧选择的人 / Sorry 婆著 . —北京：中国华侨出版社，2017.10

ISBN 978-7-5113-7057-0

Ⅰ . ①你… Ⅱ . ① S… Ⅲ . ①随笔 – 作品集 – 中国 – 当代 Ⅳ . ① I267.1

中国版本图书馆 CIP 数据核字 (2017) 第 226092 号

你是我恰巧选择的人

著　　者：Sorry 婆
出 版 人：刘凤珍
责任编辑：紫　夜
经　　销：新华书店
开　　本：880mm × 1230mm　1/32　印张：7　字数：135 千字
印　　刷：北京市雅迪彩色印刷有限公司
版　　次：2017 年 11 月第 1 版　2017 年 11 月第 1 次印刷
书　　号：ISBN 978-7-5113-7057-0
定　　价：39.80 元

中国华侨出版社　北京市朝阳区静安里 26 号通成达大厦 3 层　邮编：100028
法律顾问：陈鹰律师事务所
发 行 部：（010）82068999　传真：（010）82069000
网　　址：www.oveaschin.com
E-mail：oveaschin@sina.com